9

八男？別鬧了！

Y.A

Kadokawa Fantastic Novels

彩頁、內文插圖／藤ちょこ

CONTENTS

八男？別鬧了！⑨

第一話　瑞穗上級伯爵

逃離在巴迪修發生的政變後，我們一直駕著馬車前往北方。

至於紐倫貝爾格公爵軍的追兵，只有在行經北方的主要街道，以及改變路線前往會經過瑞穗伯國的支線時各遇過一次，而且那些追兵全都被卡特琳娜用「龍捲」魔法吹跑了。

通訊妨礙似乎也讓叛亂軍難以和友軍聯絡，導致他們無法順利展開追擊。

關於必須警戒的魔法師，目前也只遇見一名會放「火炎球」的人。不意外地，那個人也被卡特琳娜用「風刃」打倒了。

「追兵中都沒有高位的魔法師呢。」

「大概忙著在控制中央吧。」

卡特琳娜從被打倒的魔法師屍體身上回收裝備和魔法袋，向我搭話。

雖然看起來像強盜，但據布蘭塔克先生所言，這也是戰場的習慣。

「不管生前再怎麼偉大與強悍，死後都會變成被脫到只剩內衣的無頭屍體，身軀則是腐爛或變成野獸的食物。弱者只會被殺，然後被剝奪一切。」

「布蘭塔克先生該不會有上過戰場吧？」

「在下和布蘭塔克先生大人都當過很長時間的冒險者，老練的冒險者在官員管不到的地方工作時，偶爾會發生這種事，這部分只能請鮑麥斯特伯爵諒解！」

冒險者資歷極長的兩人似乎經歷過不少事情。

我和卡特琳娜刻意不深究這點，靜靜點頭。

「泰蕾絲大人，『瑞穗伯國』是個什麼樣的國家？」

卡特琳娜回收完戰利品後，我改變話題向泰蕾絲問道。

「是個文化型態與我們差異很大的國家。」

「雖然我聽說帝國是多民族國家……」

「他們在那當中也算是特別異質的存在。是由在阿卡特神聖帝國成立前就存在的古老民族建立的國家。」

據說那裡是個人民大多黑髮黑眼，擁有獨特文化的半獨立國家。

「他們出現在帝國歷史上的時間，甚至還比菲利浦公爵領地的主要民族蘭族早。」

瑞穗伯國的領土位於與菲利浦公爵領地鄰接的秋津大盆地，人口約有一百二十萬人。

雖然盆地夏熱冬冷，但豐富的水源和劇烈的氣溫變化還是讓他們靠水田種出美味的稻米，那不僅是他們的主食，也是知名的特產品。

儘管鮑麥斯特伯爵領地的南部也能採收到大量稻米，但在味道的評價方面，還是遠遠不及瑞穗伯國。

話說日本有名的稻米產地，也大多位於氣溫變化大的北陸與東北地區呢。

再加上瑞穗伯國的人們手藝靈巧，所以在工藝品和魔法道具的製造技術方面也是出類拔萃。

在阿卡特神聖帝國的臣民中，他們過的生活算是非常富裕，招待來領地拜訪的客人時也極為殷勤。

許多瑞穗伯國的大商會和大工房還會到外地擴展業務，這讓他們成了類似地球華僑的存在。

「（好像日本人……）」

「他們的衣物、書籍、食物和建築物都非常獨特，在巴迪修也有他們的建築。」

最早抵達巴迪修時看見的那些磚瓦屋頂和寺廟風格的建築，似乎就是被稱作瑞穗風格的建築物。

雖然我怎麼看都是日本風格。

「他們平常大多個性溫和，但一開戰就會突然變得凶惡。」

被稱作武士的騎士們，會拚命揮舞名叫「刀」的單刃劍守護自己的領地。

感覺愈聽愈像是古代的日本。

「畢竟是比我們蘭族還早為人所知的民族，所以帝國當然也討伐過他們好幾次。」

然而征服瑞穗的行動每次都以失敗告終，雖然他們也受到嚴重的損害，但帝國這邊的損害也非同小可。

「當時的帝國，正朝四面八方擴大領土，不過派去瑞穗的軍隊每次都會受到重創，害帝國必須暫停進攻其他地方。」

即使如此，在菲利浦家鎮壓蘭族的土地前，帝國還是會定期出兵，直到被瑞穗人葬送的友軍士兵終於多達數十萬人後，當時的皇帝才終於退讓，承認他們的自治權。

「除了秋津大盆地以外，他們並不想要其他領地。所以帝國授予他們上級伯爵這個特殊爵位，並將其領地稱作伯國，好與其他伯爵領地做出區分。帝國以一年必須朝貢一次和將外交權託付給帝國為條件，認可他們繼續存在。」

之所以要求外交權，簡單來講就是為了避免他們擅自與赫爾穆特王國交涉。

「帝國擔心瑞穗人會和赫爾穆特王國聯手。」

這就是瑞穗伯國成立的由來，而且瑞穗人在談和完後就變得非常溫順。

他們不僅接受觀光客，高品質的布料、酒、食品、工藝品和魔法道具也成了極受歡迎的高級品。

「最早在菲利浦公爵領地從事漁業的也是瑞穗人。」

明明是住在不靠海的盆地，但他們不知為何非常喜歡海水魚，所以菲利浦公爵領地的漁夫有一半是瑞穗人。

「很多瑞穗人會出外賺錢。他們對食用魚知之甚詳，熟知處理、保存和運輸的方法。限制漁獲量、設置漁礁和養殖的知識，也全是來自他們。此外他們還會把奇怪的海藻拿去曬乾，或是將鰹魚做成像堅硬木棒的東西，雖然他們平常個性溫和，但真的是一群怪人呢。」

「（出、出現啦！是日本文化啊！）」

這對在王都打打殺殺到內心快出毛病的我來說，是久違的獎勵。

在這個西洋風格的幻想世界，存在擁有日本風格文化的國家。
看來停留在那裡的期間，可得好好享受那裡的觀光、料理與文化才行。
「菲利浦公爵領地與瑞穗伯國相鄰，所以可以在那裡住一晚。不對，或許有必要在那裡停留好幾天也不一定。」
「為了要求援軍嗎？」
「就是這麼回事。」
突如其來的政變，讓人難以確認其他選帝侯與貴族們的生死和方針，所以泰蕾絲得先整合自己領地附近的北方諸侯們才行。
「泰蕾絲大人。那個瑞穗伯國，真的會願意協助我們打倒紐倫貝爾格公爵嗎？這樣聽起來，那裡幾乎是被當成獨立國家對待……」
我能理解艾莉絲的擔憂。
畢竟站在瑞穗伯國的立場，只要能繼續維持現在的半獨立國狀態，就算讓紐倫貝爾格公爵當皇帝也無所謂。
「倒也並非如此。」
紐倫貝爾格公爵連泰蕾絲都想殺害。
他是為了讓權力集中在皇帝身上，才想排除選帝侯。
「那個男人的國策，是建立極度集權的帝國。對他來說，幾千年都沒向帝國屈服的瑞穗伯國應該非常礙事吧。實際上在紐倫貝爾格公爵領地內，也曾發生過和居留當地的瑞穗人待遇有關的騷動。」

紐倫貝爾格公爵領地的貿易收支原本就嚴重赤字，由瑞穗出資在那裡設立的商會與工房，更是進一步壓迫到國內業者的經營。因此瑞穗人被課徵高額的關稅，雙方的對立也愈演愈烈。

「他應該會想徹底征服瑞穗伯國，順便奪取他們的技術吧。」

「這樣的想法未免太天真了……」

帝國應該也知道只要動員百萬大軍，就有可能徹底征服瑞穗伯國。

不過這麼一來，只會害擁有技術和生產力的人大量戰死，徒留荒蕪的領地。

既然抵抗如此激烈，那即使勉強征服也沒意義。

所以帝國才會認可瑞穗伯國繼續存在。

「紐倫貝爾格公爵應該是認為只要破壞後再重建就行了。即使得耗費幾十年的時間，付出龐大的預算和心力，只要能讓瑞穗人屈服並將他們納入帝國，長遠來看對新帝國還是有益。」

「真是個純正的國粹主義者呢。」

「麻煩的是，因為他對自己領地與國家的熱情，讓他在領地內外都有一定數量的支持者。」

可以說正因為他在帝國軍內有一定數量的支持者，才能如此漂亮地發動政變。

再加上移動與通訊系統的魔法都被魔法道具封鎖。

無論是帝國政府或貴族們，應該都還沒擺脫混亂。

有些人很可能因為來不及對應，而選擇投靠政變軍。

「這還真是棘手……」

「沒想到他居然會這麼想不開，果然是因為收到那個的報告而產生危機感了嗎？」

「那個？」

「就是因為有威德林幫忙，才能投入實用的那個啊。」

那艘利用我碰巧打倒的不死族古代龍的魔石重新啟動、從遺跡挖掘出來的巨大魔導飛行船，現在被命名為「琳蓋亞」，全長四百公尺的巨大飛船順利開始服役，目前正為了探索大陸外的地區展開訓練。

「而且連普通的一百公尺級大型魔導飛行船的數量差距都被拉大了。」

現在王國的空軍戰力是帝國的二點二倍，這似乎讓紐倫貝爾格公爵感到非常危險。畢竟大型魔導飛行船就類似現代的戰艦。

「所以總而言之，都是我的錯嗎？」

「至少紐倫貝爾格公爵是這麼認為。」

原來如此，難怪他會用那麼尖銳的視線看我。

「意思是為了我將來的安寧，應該要殺掉紐倫貝爾格公爵嗎？」

「可以的話，本宮希望你能以傭兵的身分參戰。現在只剩下殺掉紐倫貝爾格公爵這條路。那個男人太危險了。」

不僅思想偏激，還動用了武力手段。

他的行動也為帝國帶來了極大的損害，如果不摧毀紐倫貝爾格公爵家來填補損失，其他人應該也會感到不滿。

不管哪個世界，都沒有國家會天真到放叛亂主謀一條生路。

「也有可能在那之前，我們就會被成功發動政變的紐倫貝爾格公爵給漂亮地殲滅。」

「別說這種不吉利的話啦……」

「戰爭這種事，本來就有難以預料的部分。」

雖然在意中央與東西南部的貴族們會採取什麼樣的態度，但這裡也因為通訊妨礙而完全無法獲得情報。

「包含帝都在內，目前無法期待北部地區以外的地方會派出援軍。為了參加新陛下的即位儀式而前往巴迪修的那些人，現在不是被政變軍抓住就是被殺害了吧。」

幸好大部分的北方諸侯都在新皇帝即位的當天或隔天就離開帝都了。

看來地方貴族沒有我想得那麼閒。

泰蕾絲打算在紐倫貝爾格公爵派討伐軍去北方前，搶先整合北方的諸侯們。

目前的關鍵，就在於能否盡快完成這項工作。

「不過通訊妨礙還真是麻煩呢。」

即使離帝都已經有一段距離，我們帶的魔導行動通訊機還是毫無反應。看來雖然能妨礙的魔法種類有限，但有效範圍非常大。
這樣赫爾穆特王國和北部地區應該也無法使用通訊機和魔導飛行船了。
「真擔心鮑麥斯特伯爵領地的狀況。」
伊娜說得沒錯。
若無法使用魔導飛行船，將嚴重影響開發工程。
「羅德里希應該會想辦法解決吧。現在也只能這麼想了。」
沒想到無法通訊會讓人這麼焦躁不安。
雖然這場政變看似魯莽，但或許其實紐倫貝爾格公爵也有一定的勝算。
「那個眼神險惡的傢伙真的是幹不出什麼好事。」
而且那傢伙還是個帥哥。
因此他似乎也很受女性歡迎。光憑這點，就讓我無法信任他。
絕對不是因為氣他長得比我帥。
「我覺得跟您在一起比較開心，也比較能放鬆。」
「艾莉絲說得沒錯。我也覺得要是嫁給紐倫貝爾格公爵，應該會過得很緊張。」
「如果連伊娜都受不了，我應該會窒息而死吧。」
艾莉絲、伊娜和露易絲一同表示不擅長應付紐倫貝爾格公爵，畢竟雖然他是個帥哥，但給人的感覺很恐怖。

「我應該也會被警告不能吃太多。而且我討厭那道好像在看不起人的尖銳視線。」
「就是說啊。他給人一種認為自己絕對正確，別人只要閉上嘴乖乖跟隨他就好的印象。」
可以說他生來就有獨裁者的氣質吧？
或許薇爾瑪和卡特琳娜的意見，意外地切中紐倫貝爾格公爵的本質。
「威爾大人絕對是個比他好的老公。」
「我也這麼覺得。」
「謝謝大家！」
我感動地依序抱住五位妻子。
看來我也有能贏過紐倫貝爾格公爵的部分。
「真是莫名其妙。怎麼看都是紐倫貝爾格公爵會比較嫉妒威爾吧……」
「我才不管紐倫貝爾格公爵心裡在想什麼！」
我將小聲吐槽我的艾爾推去導師那裡。
「艾爾文少年。男人靠的是肌肉和骨氣啊！」
導師硬在狹窄的馬車裡擺出強調肌肉的姿勢。
雖然這說法很牽強，但不知為何導師說起來特別有說服力。
「不，也有唯獨年長男子才能表現出的成熟魅力。」
接著正在讓魔力恢復的布蘭塔克先生也加入話題。

「坦白講都不重要啦。對吧？泰蕾絲大人。」

「雖然你的主人好像有很多問題，但現在還是先去瑞穗伯國休息一下吧。」

就在我們於馬車內討論這些事時，馬車抵達瑞穗伯國的國境。

瑞穗伯國是由秋津大盆地與圍繞盆地的山脈構成。

由於山脈不高，因此馬車可以直接沿著街道通行，但山路入口設有檢查站。

在看似樸素城寨的建築物入口，有警衛在站哨。

儘管他們的黑髮與黑色眼睛和日本人很像，但體格跟這世界大部分的人一樣。

仔細一看，他們打扮得就像江戶時代的武士，腰際還插了三把刀。

其中兩把是看似日本刀的長刀與短刀，但剩下那把的外形明顯與另外兩把不同。

「三把刀……連『拔刀隊』也加入警備了呢。」

「『拔刀隊』？」

「在帝國，他們被揶揄為戰死者量產部隊。」

一般的士兵只會裝備一把長刀與一把短刀，但精銳的拔刀隊被賜予魔法道具「魔刀」，所以會多佩帶一把。

「『魔刀』是非常高等的魔法道具。」

不僅是泛用型魔法道具，還能自由在刀上附加各種系統的魔力斬殺敵人。

「本宮曾在諸侯軍的聯合軍事演習上，看過武士將火的魔力附加在魔刀上，只用一記斜砍就斬斷鋼製的鎧甲。」

「聽起來好恐怖。」

「聽說過去曾有一支兩萬人的部隊，被僅僅千人的拔刀隊打得潰不成軍。」

那似乎就是以前討伐瑞穗伯國的帝國侵略軍的末路。

講潰不成軍或許是有點誇張，但若一支軍隊有四分之三的士兵失去戰鬥能力，那就和全滅沒什麼兩樣。

雖然在扣除死傷後，「拔刀隊」也只剩下一半的士兵，但不管怎麼算，兩邊損失的人數都差太多了。

我本來也覺得太誇張了，不過戰敗的帝國軍那方的戰史資料確實是如此記載，所以應該是真的。

「他們對秋津大盆地以外的領地沒有興趣，但對侵略者可是毫不留情。」

「明明只要量產那種魔刀就行了。」

「沒辦法。」

帝國也不是笨蛋，所以也有試著對劍進行相同的加工，建立一支裝備魔劍的部隊。

不過他們連魔刀的一擊都擋不下來。

兩邊的裝備性能似乎有一段難以弭平的落差。

「只能設法閃躲魔刀的攻擊，或是像威德林那樣展開強力的『魔法障壁』。」

「難道戰利品裡沒有魔刀嗎？」

「那些刀不到一個月就會變得不能用。」

泰蕾絲苦笑地回答露易絲的疑問。

「魔刀除了構造複雜以外，還需要定期接受特殊的保養。」

不僅可以用控制桿自由切換火、土、水、風等不同系統的魔力，還能調整附加的魔力量。

儘管只要對裝在上面的魔晶石灌注魔力，就能用一段時間，但不到一個月就會突然無法使用，變回普通的刀。

「刀身本身似乎也需要另外保養。雖然帝國的魔法道具工匠也有嘗試解析和複製，但都沒什麼成果。」

這方面的技術都被嚴密地隱藏起來，這也證明了瑞穗人製造魔法道具的技術有多麼優秀。

「紐倫貝爾格公爵似乎也對這部分感到不滿。」

瑞穗伯國是隱藏在國內的禍患，必須加以排除。紐倫貝爾格公爵似乎是抱持這樣的想法，所以泰蕾絲才認為能和瑞穗伯國聯手。

「那位瑞穗上級伯爵沒有去巴迪修嗎？」

「瑞穗伯國實質上是其他國家。所以按照慣例，都是等新皇帝即位且局勢穩定下來後，才會帶賀禮前來謁見。」

新皇帝會在那時候重新承認瑞穗伯國現在的地位。

這也是新皇帝的第一份工作。

「因此他們沒像其他貴族那樣被捲入。」

政變是在新皇帝即位後的第三天發生。

雖然先一步返回領地的貴族們因此逃過一劫，但據泰蕾絲所言，在選帝侯中只有她順利逃離帝都。

「總之必須先召集軍隊。反正最後的結局不是本宮死，就是紐倫貝爾格公爵亡。」

我們搭的馬車，之後順利進入設在瑞穗伯國領地邊界的檢查所。

＊＊＊

「成功了呢。」

「雖然稱不上完全勝利。」

總算能夠靜下來坐在巴迪修皇宮的皇帝寶座了。

我的名字叫馬克斯・艾哈德・阿曼・馮・紐倫貝爾格。我曾是阿卡特神聖帝國的選帝侯，現在則是政變的主謀，同時也是即將成為新帝國皇帝的男人。

「這都要感謝你。」

政變完全按照計畫實施。事前的準備有了回報，帝國軍裡有許多人加入我的行列，協助我鎮壓其他據點。

在俘虜和殺害可能反抗我的貴族方面，他們也非常活躍。

「抓到的貴族比想像中多，牢房不太夠用。要直接殺掉嗎？」

「沒必要再繼續殺小腳色。先軟禁起來吧。」

「畢竟他們很快就會歸順我們了。」

如今通訊受到妨礙，許多領地在少了當家後都無法順利運作，根本成不了什麼大事。

「雖然兩件事沒什麼關係，但相對地我殺了所有的選帝侯。除了一個人以外。」

不過我對外隱瞞了這件事。

我打算將阿卡特神聖帝國打造成中央集權，皇帝擁有強大權力的國家。

那樣的國家不需要選帝侯，既然現在無法立刻討伐他們，那還是拿當家作人質牽制他們的行動比較省事。

「在第一階段，還是以平定巴迪修周邊地區為最優先。」

南部的貴族們，已經幾乎都歸順紐倫貝爾格公爵家。

我原本就是那些貴族的宗主，所以他們認為只要我成為新皇帝，就能在領地和官職方面獲得優待。

貪婪的人最好利用。

「在被抓的貴族當中，應該也有打算歸順我們的人。讓那些人回領地，命令他們把軍隊整頓好。」

第一階段是鎮壓南部與中央，等這個階段結束後，有一個必須優先打倒的對手。

我的視線自然飄向地圖的北方。

「泰蕾絲，被妳逃掉了嗎？」

唯一成功逃跑的選帝侯——菲利浦公爵才是最危險的人物。

「那個女人一定會整合北方的諸侯，反過來攻擊我。」

「瑞穗伯國也會參戰嗎？」

「那個國家非常清楚我的想法，也知道我會派兵攻打他們，所以一定會和泰蕾絲聯手。」

「是個強敵呢。」

「一口氣收拾乾淨，之後也比較方便。」

我反倒覺得是至今的皇帝都太天真了。

幾次出兵都半途而廢，最後還因為打輸而承認那個國家獨立。

拜此之賜，許多真正的帝國臣民都因為他們的經濟力和技術力陷入貧困。

只有討伐瑞穗人奪取他們的技術和資產，再回饋給帝國的臣民，完全統一的真正帝國才能於焉誕生。

不對，是重生。

「不過以現在的兵力討伐他們，還是讓人有點不安……是否該加快鎮壓西部與東部的腳步，活用那邊的兵力呢？」

「有一試的價值，但我不打算靠武力平定。」

告訴當家被俘虜的人們「只要幫忙出兵討伐菲利浦公爵和瑞穗伯國，我就會釋放人質」。只要他們願意出兵就行了。

「若魯莽地鎮壓他們，會讓最值得信賴的紐倫貝爾格公爵家諸侯軍與帝國軍出現犧牲。我要在不讓精銳受損的情況下討伐那些傢伙。」

目前會反抗我們的，只有泰蕾絲一人。

反過來講，只要解決掉她，就沒有人能阻止我們了。

「即使勉強鎮壓那些貴族收回大批兵力，只要泰蕾絲還活著就可能被他們背叛。不用擔心，我軍都是精銳，一定能夠確實地擊敗她。」

「不過還有另一件讓人在意的事情。」

「鮑麥斯特伯爵嗎……」

我對鮑麥斯特伯爵只有一個想法。

那就是他將來很可能成為危害阿卡特神聖帝國的存在。

畢竟他現在就已經是造成兩國空軍戰力與經濟實力出現差距的元凶。

我已經下令若他願意背叛赫爾穆特王國投靠我方就放他一馬，如果拒絕就殺了他，但現場似乎出了點狀況。

「那四兄弟真的有勸降鮑麥斯特伯爵嗎？」

「這點目前無法確認。」

負責鮑麥斯特伯爵所在的迎賓館的部隊幾乎全滅。

所有士兵和騎士都非死即傷，倖存下來的人也害怕到暫時無法使喚。

甚至連理應最清楚情況的四兄弟都被燒死了。

「聽說那四兄弟是死在馬車的停靠處？」

「是的。報告是這麼說的。」

那四兄弟並非死在迎賓館旁邊，而是在鮑麥斯特伯爵等人為了帶泰蕾絲逃跑而前往的馬車停靠處被殺。

他們和其他被帶去的士兵幾乎沒留下遺體，被燒成焦炭的長袍碎片是唯一殘留的證據。

「他們不是備受期待的年輕魔法師嗎？」

我並非魔法師，所以無法判斷他們的實力。

魔法師們會在魔法展示會公開自己的魔法，我只能透過那份報告來判斷。

再來就是他們立下的功績吧。

我記得鮑麥斯特伯爵曾立下擊倒龍的偉大功勞。

不過這只是機會的問題，那四兄弟應該也有可能擊敗龍。

雖然我原本這麼認為，但實際上真是如此嗎？

「阿姆斯壯從以前就很強，林斯塔也是知名的魔法師，再加上屠龍英雄鮑麥斯特伯爵與『暴風』，不過這四人與那四兄弟的實力差距真的那麼大嗎？」

「屬下認為，鮑麥斯特伯爵那邊應該不可能沒有任何損傷……」

眼前這位帝國軍的男幹部也不是魔法師，但根據從了解狀況的人那裡打聽來的情報，還是能大致推測出赫爾穆特王國的知名魔法師們的實力。

他們的確很優秀，但帝國也有好幾名實力不輸他們的傑出魔法師，不可能單方面慘敗。

「的確，你說得沒錯。」

而且即使有許多魔法師，我也不認為不到十人的團體能有多強的戰鬥力。

強悍的魔法師只要交給魔法師對付就行了，再來就是靠軍隊的素質一決勝負。

「民間也有許多魔力是上級以上的魔法師，只要集合中級與初級的魔法師，應該就能靠數量壓倒他們。」

「就用數量暴力，來擊倒赫爾穆特王國的『最終兵器』和『屠龍英雄』吧。」

對我這個純正的軍人來說，這樣的作戰非常符合常識。

不管再怎麼強，個人都不可能戰勝團體。

我腦中對鮑麥斯特伯爵一行人的警戒逐漸降低。

現在最大的威脅，果然還是泰蕾絲率領的菲利浦公爵家諸侯軍。

「雖然菲利浦公爵家諸侯軍都是精銳，但我們更勝一籌。帝國軍有一半是站在我們這邊，此外還有其他已經表明會支持我們的南部諸侯的軍隊。」

果然占據首都是非常大的優勢。

儘管東部和西部大部分的諸侯都還在猶豫，但仍有一部分的人積極表示會支持我們。

「透過正統程序選出來的皇帝沒有意義。因為所謂的皇帝，應該要是靠絕不動搖的意志與力量引導臣民的存在。」

我很強，所以政變才會成功。

接下來必須盡快自立為新皇帝「聖阿卡特一世」，於在位期間朝統一這塊大陸的目標邁進。

「現在應該優先平定帝國中央地區，並整理出能夠拉攏的貴族名單。等這些工作結束後，再來討伐菲利浦公爵和瑞穗伯國。」

解決完這些問題後，接下來的一切都是唾手可得。

畢竟除了我和菲利浦公爵以外，其他選帝侯都已經不在人世。

「泰蕾絲雖然是個女人，但還是不可小覷。她與其他平庸的選帝侯截然不同。接下來要謹慎地整頓軍隊。」

「遵命。」

話雖如此，完成統一的新阿卡特神聖帝國的姿態已經在我腦中浮現。那樣的未來即將來臨。

「另外關於那個裝置……」

「那個裝置怎麼了？」

難得能沉浸在快樂的想像中卻被人打擾，讓我心裡有點不高興，但他是重要的合作夥伴。

因此我笑著回答帝國軍幹部的問題。

「再讓那個繼續運作一段時間。」

「可是，這樣會嚴重妨礙到帝國的經濟行動……」

「確實如此。」

不過對我來說，還是利大於弊。

剝奪貴族之間的通訊手段加以孤立，不僅能夠迷惑他們，還能讓握有裝置的我方站在優勢。

我們早已事先透過快馬與密探強化偵察和聯絡手段，所以相對有利。

在經濟活動方面，這樣也能有效抓住大商人們的把柄。

而且他們應該很快就會發現。

雖然貨物的運輸成本會提升，但大商人還是能透過價格競爭占據優勢。

貪婪的他們即使表面上會抱怨，最後還是會服從我。

「不過中小規模的商人們應該會感到不滿吧。」

「帝國的目標是統一大陸。為了這個目的，需要大商人們的協助。中小規模的商人即使垮臺，也馬上會有其他挑戰者出現。只要優待那些脫穎而出的人就行了。」

「是的……」

然後是那個裝置。

改變了我的命運，從紐倫貝爾格公爵領地內的巨大地下遺跡挖掘出來，利用古代魔法文明時代的技術製成的「魔法妨礙裝置」。我繼續使用這個的最大理由，是為了削弱魔法師在戰場上的力量。

「你知道龍為什麼那麼強嗎？」

「因為牠們能吐出威力強大的吐息？」

「雖然這麼說也沒錯，但主要是因為他們會飛。魔法師以外的人類不會飛，所以難以應付來自上方的攻擊。」

這也是為何魔導飛行船的數量，會被當成軍事力的指標。

身為一名軍人，我認為能在上空行動的敵人遠比地面的敵人有威脅性。

「在空中飛行施放魔法、瞬間移動到想去的地方，或是立即與遠方的同伴通訊，只要能封鎖這些行動，即使是能施展強大魔法的魔法師，在某種程度上還是有辦法應付。因為在我方的陣營，也有能展開強力『魔法障壁』的魔法師。」

因此我在啟動「魔法妨礙裝置」時費了不少工夫，不惜減少能妨礙的魔法種類，也要擴大有效範圍。

「赫爾穆特王國的北部地區現在應該也亂成一團了吧。只要讓魔導飛行船無法在北方運作，就能輕易排除王國介入。即使必須花點時間，我的改革還是一定會成功。」

儘管與家臣的想法有出入，但這也在我的預料範圍之內。我對自己的計畫擁有絕對的自信。

＊　＊　＊

「那麼目前狀況如何？」

「在北部靠近國境的地區，無論是魔導通訊機或魔導飛行船皆無法使用。」

「真是不可思議的現象。」

雖然朕這裡接連收到不少情報，但都沒什麼好消息。看來即使朕身為赫爾穆特王國的國王，仍未特別受到上天的眷顧，又或者這是鮑麥斯特伯爵至今帶來的好運造成的反動呢。

從前天晚上開始，通訊魔法就突然變得無法使用，連魔導飛行船都動彈不得。

幸好王國管理的大型船當時並未升空，但還是有貴族使用的小型船墜落。

根據目前掌握的損害報告，已經有七艘船墜毀，造成許多貨物與八十九名死者的損傷。

那麼重的物體突然失控，從幾十到幾百公尺高的地方墜落。

一般人根本不可能活下來。

更可惜的是，朕還收到了兩名魔法師的死亡報告。

雖然他們嘗試利用「飛翔」魔法逃離墜落的船，但仍失敗死亡。

「已經特定出通訊和移動系統的魔法被妨礙的範圍了。」

「原因是出自阿卡特神聖帝國吧？」

「應該沒錯。」

以帝都巴迪修為中心，半徑兩千公里的範圍內很可能都受到相同的妨礙。

雖然妨礙的範圍大多位於帝國，但王國北部的部分地區也有受到影響。

「一定要確實支援被波及的地區。」

「遵命。」

除了不幸墜落的魔導飛行船以外，並沒有出現其他直接的損害，不過無法使用通訊魔法和魔導飛行船，對交通和物流的影響非常大。

要是放著不管，妨礙範圍內的經濟可能會陷入停滯。

「必須增加馬車的班次，還有配合書狀和馬匹增加傳令員……」

因為這些東西無法說增加就增加，所以只好增加其他地區魔導飛行船的運輸班次，將多出來的馬車送到北部。

然而這麼一來，可能會影響到情況原本就很吃緊的南部地區的交通與輸送。

「看來主要都是間接的損害呢。」

「這該不會是阿卡特神聖帝國的策略吧？」

「雖然這個可能性很高，但感覺有點奇怪。」

儘管國與國之間沒有真正的朋友，但阿卡特神聖帝國現在應該也不想與赫爾穆特王國開戰。

所以我們才會讓官員和貴族加入親善訪問團，去交涉擴大交易規模的事宜。

「雖然交易負責人大多都已經歸國……」

由於皇帝去世並開始舉辦決定新皇帝的選舉，除了少數負責收集情報的人員和幾十名將參加新皇帝即位儀式的人員以外，其他人都先回國了。

「遺留在那裡的人也都失去聯絡了。」

「因為無法通訊啊。」

現在無法從通訊被妨礙的地區聯絡沒被妨礙的地區，反之亦然。

「與大使館的通訊也中斷了。」

那裡設有固定式的大型魔導通訊機，並配置了能使用「通訊」魔法的魔法師，但還是沒傳來任何聯絡。

「無法和當地的聯絡員通訊嗎？」

「這方面似乎也失敗了。」

儘管按照規定，兩國的人都被禁止離開對方的首都，但非法的間諜仍與和他們合作的當地人建立了聯絡網。

可是現在當然也無法和那些人聯絡。

「若是陛下，或許有機會能和導師與鮑麥斯特伯爵聯絡……」

「用這個嗎？」

赫爾穆特三十七世，從懷裡取出跟鮑麥斯特伯爵買的小型魔導行動通訊機。

雖然性能強大又方便，但果然還是聯絡不上。

而且並非對方沒有接通，明顯是通訊本身受到妨礙。

「不曉得他們是否平安無事？」

與王宮首席魔導師和南部經濟發展的關鍵人物鮑麥斯特伯爵失去聯絡。

若他們遭遇了什麼不測，王國將陷入混亂狀態。

「他們應該沒事吧。比起這個，現在必須將王國軍的警戒體制提升到準戰時等級。」

其實朕並不怎麼擔心他們的安危。

因為實在無法想像有誰殺得了他們。

「準戰時等級嗎？」

那是隨時準備開戰的等級。

其實上次採用這種等級，已經是兩百年前的事情。

「從狀況來看，這應該是魔法道具引發的通訊妨礙。」

考慮到妨礙的影響範圍和持續時間，即使是高等級的魔法師也很難辦到。

帝國的地底應該也有古代魔法文明時代的遺產。可能是有人挖掘出那種東西拿來用。

「為了什麼目的？」

「那還用說。怎麼想都是為了發動叛亂。」

新皇帝才剛即位。

然後某人因為不服而起兵。

因為考慮到與帝國軍的兵力差距，才會斷絕他們的聯絡和妨礙外部貴族收集情報，封鎖那些人的行動。

那個某人應該是想趁這段期間占據帝國中樞。

「原來如此。所以現在是好機會吧。」

「你在說什麼啊？」

「既然帝國的中樞已經癱瘓，應該無法採取什麼像樣的行動，這樣就有機會獲勝了。」

朕驚訝地看向眼前的貴族。因為那個貴族居然想對帝國發動全面戰爭。

「為什麼我們非得去為了別人冒險？」

朕在驚訝的同時，也發現等之後收到更多帝國的情報後，這樣的人應該也會跟著增加。

其實從兩百年前的停戰到現在這段期間，赫爾穆特王國在與阿卡特神聖帝國的關係中一直處於劣勢。

因為較早成立與統一的帝國，曾經占領並支配過吉干特裂縫南部，也就是現在的王國北部地區。

雖說停戰時已經將帝國逼回裂縫北部，但在王國貴族中還是有許多人將南部被占領的時代視為一項恥辱，所以這次主張反過來占領吉干特裂縫北部地區的人可能會變多。

儘管感情上能夠理解，但其實帝國過去占領吉干特裂縫南部的舉動，反而削弱了帝國自己的國力。

因為吉干特裂縫的存在，當時幾乎只能靠魔導飛行船進行補給。

既然已經任命大貴族的子弟和有功者為貴族，讓他們管理占領的地區，就無法輕易放棄那裡。畢竟一旦放棄，皇帝有可能會被議會彈劾。

結果直到戰敗撤退為止，帝國都為了維持占領地而消耗了無謂的預算、物資與人員。

假設王國越過吉干特裂縫占領帝國南部。

到時候應該會和以前的帝國一樣，任命大貴族的子弟或在軍中立下功勞的人為貴族，讓他們管理占領的領域。

而每次只要他們陷入危機，王國軍就得派遣援軍，重蹈帝國的覆轍蒙受損失。

「你說這句話時，有考慮過這麼做需要多少預算嗎？雖然你們能開心地將次男以下的孩子推給領主，但有考慮過王國的財政可能因此陷入困境嗎？」

「可是以現在的空軍戰力……」

「魔導飛行船嗎？你不是才剛報告說無法使用嗎？」

真要說起來，光是如何在目前的狀況下送士兵過去就是個問題。

能確實越過吉干特裂縫的魔導飛行船現在無法使用。

雖然也能勉強架橋過去，但若戰況陷入不利，撤退會非常困難。

由於通訊也遭到妨礙，很可能會無法順利指揮。

「補給要怎麼辦？」

「直接在當地搜刮……」
「你真的覺得這有可能嗎？」
在必須占領統治的土地進行掠奪，這是多麼愚蠢的行為。
派遣到當地的軍隊戰力，應該會因為帝國的軍隊和當地人的抵抗運動而無謂地耗損吧。
「這都只是紙上談兵。」
朕在心裡對這個無能的貴族嘆了口氣。他果然遠遠比不上擔任閣僚的那些貴族。
即使如此，國王的工作就是設法讓這種笨蛋也能派上用場。
「之所以進入準戰時體制，是因為無法保證對方不會亂來。」
由於通訊被妨礙，目前無法得知那裡的狀況。
敵人的軍隊突然攻過來的可能性也不是零。
「還有現在攻打帝國，在政治上並非良策。」
「是這樣嗎？」
即使覺得這傢伙果然派不上用場，朕還是開始對眼前的貴族講解。
「若這是叛亂，我國趁機出兵可能反而便宜了反叛者。」
雖然目前戰況不明，但反叛者不太可能已經鎮壓了整個帝國。
帝國內部應該還會混亂一段時間，若國外的赫爾穆特王國在這時候出兵會發生什麼事？
「或許會讓反叛者得以主張『現在必須對抗外敵』，有助於他統一國內的勢力。」

在「奪回被赫爾穆特王國搶走的土地」這個大義下，贊同反叛者的貴族可能會變多。

「一旦情況變成那樣，戰爭的時代很可能再次來臨。」

反叛者應該會利用外敵凝聚國內勢力吧。

歷史上經常出現這種情況。

「然後我國將為了維持或許能占領的微薄土地，持續消耗國力。」

當然，這應該也會影響到南部與其他未開發地的開發事業。

居然必須特地說明這種事情……看來我國也有許多無能的貴族。

前陣子去世的帝國皇帝，應該也曾有過和朕相同的想法吧。

「話說不曉得那些在巴迪修的同胞們是否平安無事……」

若目前為止的調查都是事實，實在無法期待對方會遵守不能對以使者身分滯留的他國貴族出手的原則。

這是因為……

「出現犧牲者，能讓我國出兵的理由更加充分。」

已經有人因為魔導飛行船墜毀而犧牲。

只要提倡報復帝國的軍人與貴族增加，我國就有可能被迫出兵。

「如果是看準了這點，那名反叛者或許比想像中還要棘手。」

這表示那些看似魯莽的作為，其實是為了控制我們這邊的行動。

「現在只能先盡可能收集情報，再配合情況一一加以應對了。」
雖然提倡出兵的貴族應該會稍微增加，但幸好現況是軍方的主流派並不希望出兵。
艾德格軍務卿和阿姆斯壯伯爵正忙著一起開發南部與赫爾塔尼亞溪谷。
我不認為他們會輕易贊成發動這種勝算不明的戰爭。
儘管他們可能因為受到附庸與親戚的影響變得支持出兵，但那些人光是為了爭奪開發特權剩下的利益就夠忙了。
人類這種生物，只要感到滿足就不會輕易發動戰爭，讓他們獲得滿足也是國王的工作。
「（雖然是託鮑麥斯特伯爵的福……）」
雖然一切都是結果論，但看來將那名年輕人拉上舞臺是正確的判斷。
鮑麥斯特伯爵果然是個有用的男人。
「（克林姆也跟鮑麥斯特伯爵在一起，所以他應該不會那麼輕易喪命。）」
不如說朕還比較同情在他們待在帝國內時發動叛亂的主謀。
「（這麼一來……）」
不只是朕的好友克林姆，布蘭塔克、艾莉絲和暴風也在。
儘管朕認為他們一定能活下來，但敵人的妨礙讓移動與聯絡都變得困難，所以我們這邊也很難下達命令。
事先在帝國布下的間諜網，也因為通訊困難而完全收不到情報。

看來果然只能拜託那個男人了……

就在朕這麼想時，那個人正好現身。

教會的有力人士，不能掉以輕心的老人……

「陛下，大事不好了。」

「你也很擔心自己的孫女吧。」

「擔心是擔心，但有孫女婿在應該沒問題。而且……」

「站在個人的立場，朕也擔心好友和欣賞的年輕人們的安危，可惜朕是國王。」

「我能理解。果然要開始研擬對策了嗎？」

「是啊。」

兩國的關係至今都維持均衡，如今其中一方發生了政變。雖然不曉得接下來會如何發展，但對手自己栽了觔斗。

站在赫爾穆特王國的立場，接下來應該盡可能趁機撈點好處。

「呵呵，只要趁亂併吞帝國，陛下就能成為統一琳蓋亞大陸的偉大國王，在歷史上留名。」

「哼，真虧你能說出這些違心之論。」

誰要蹚這渾水啊。

朕才不需要那種因為內亂荒廢、且所有領民都對新支配者抱有反感的領地。

兩國都已經有千年以上的歷史。若其中一方想吞併另外一方，勢必將付出非比尋常的勞力。

即使將來會發展成那樣，也必須先經過許多程序。
「有沒有我這個老人幫得上忙的地方呢？」
「能靠教會的門路和鮑麥斯特伯爵取得聯絡嗎？」
「我可以試著想辦法，但不可能頻繁地聯絡。光是傳達簡單的指示就是極限了……」
這個老人所屬的正教徒派，在帝國也設有許多教會。朕想試著用他們的教會網，和鮑麥斯特伯爵聯繫。
「寫信會有危險嗎？」
「是的，雖然我也有跟艾莉絲提過，但這次的騷動很可能和紐倫貝爾格公爵有關。」
「那個危險的年輕人嗎……」
這老人的消息還是一樣靈通。紐倫貝爾格公爵啊……之前的確有收到他在皇帝選舉中落選的消息。他後來失控了嗎？
「通常移動中的神官並不會被檢查行李，但若和紐倫貝爾格公爵有關就無法保證了。」
果然只能派神官當信使了。問題在於信使可能無法趕在鮑麥斯特伯爵等人離開帝國前抵達。
「請放心。我們有位專門應付這種情況的信使。」
教會祕藏的信使啊……雖然王國這邊也會派人過去，但考慮到成功機率，還是準備兩條路比較保險。
「那只要幫忙傳話就好。再怎麼說，都不可能檢查腦袋裡的東西吧。」

「那麼，請問要轉達什麼內容？」

「『盡可能讓局勢變得對赫爾穆特王國有利』。即使鮑麥斯特伯爵領地的開發因此停擺一兩年也無可奈何。不過有羅德里希領導家臣，應該是不會停擺吧。」

「我也會提供援助。」

畢竟是中意的孫女婿的領地，所以不能坐視其他人趁他不在時染指那裡吧。

「就讓鮑麥斯特伯爵的哥哥去幫忙吧。我聽說那個人非常優秀，和鮑麥斯特伯爵的感情也很好。」

「這真是個好主意。」

即使鮑麥斯特伯爵領地的開發可能稍微延遲，在帝國的狀況穩定下來前，這都是無可奈何的事情。

比起這個，鮑麥斯特伯爵等人究竟能在帝國內亂中得到什麼呢？

雖然他們的利益當然也關係到王國的利益，但即使知道這麼想太過輕率，朕還是不禁將鮑麥斯特伯爵等人的身影，與小時候看得興奮不已的戰記主角重疊在一起。

＊　＊　＊

「糰子！我想吃糰子！」

「伯爵大人，你是小孩子嗎！」
「威爾，晚點再吃也行吧。」
「雖然伊娜說得沒錯……不過我晚點想同時吃艾草糰子和醬油糰子……」
順利抵達瑞穗伯國後，我們在國境邊界的檢查所驗明身分，獲得了入國的許可。
瑞穗伯國一發現巴迪修的異變，就緊急派遣裝備魔刀的武士到檢查所。
「我叫輝明．村木。」
一名外表看起來就像是武士的青年，客氣地向我們打招呼。
「你們果然也發現首都的異變了。」
「咦？是怎麼發現的？」
「是利用這個。」
在叫村木的武士指示的方向，有一隻鳥正停在樹上休息。
那隻鳥不曉得是小型老鷹還是大型燕子，總之看起來飛得很快。
「瑞穗人散居在帝國各處，所以可別小看了他們的情報傳播網。即使無法使用通訊魔法和魔法道具，只要兩、三天的時間，瑞穗燕就能將巴迪修的異變傳到這裡。」
根據艾柏的說明，那種看起來飛得很快的鳥似乎叫瑞穗燕。
是瑞穗伯國透過反覆的品種改良培育出來、用以代替信鴿使用的鳥。
「為了預防這種情況，我們準備了多種通訊手段。」

得。

瑞穗燕的品種改良、繁殖和比賽被當成一種興趣，在瑞穗人之間傳播開來，所以很容易就能取

「果然比馬車還快呢。」

「正是如此。菲利浦公爵大人特地拜訪此處，應該是想與主公大人會面吧？」

「沒錯。希望你們能盡快安排。」

「主公大人也如此希望。鄙人也會與各位同行。」

雖然這是我第一次見到羅德里希以外的人自稱「鄙人」，但由村木先生這種武士用起來顯得非常自然。

他率先騎馬走過通往瑞穗伯國內的山路，讓我們的馬車跟在後面。

走了一段山路後，約三十分鐘就抵達山頂。

那裡蓋了一間時代劇裡常出現的山頂茶屋，穿著跟和服很像的瑞穗服的瑞穗人們，聚在店門口喝茶吃糰子。

身為前日本人的我，當然很想過去那裡。

想喝茶配糰子。

然而同伴中根本沒有人想停下來，大家都認為這時候應該趕著去領主館。

對此有異議的我當然不可能善罷干休。

「艾柏，快去幫我買糰子回來！」

我決定叫馬車裡的艾柏替我跑腿。

因為他是個會對別人的攻擊方式指指點點的討厭傢伙，所以就算叫他去跑腿，我也完全不會有罪惡感。

「我是泰蕾絲大人的家臣，所以請恕我拒絕。」

「……」

雖然說得有道理，但他果然是個討厭的傢伙。

若他回答「了解！」並立刻跑去買，我還會覺得他有點可愛。

「而且如果不先換錢，根本就沒辦法買東西。」

「他們有獨自的貨幣啊！」

這也證明了瑞穗伯國是半獨立國家。

儘管一切都如艾柏所言，但我還是有點火大。

「不過他們在歸順帝國時有進行貨幣調整，所以換起來並不麻煩。」

泰蕾絲如此補充。

赫爾穆特王國和阿卡特神聖帝國的貨幣之間，幾乎沒有差距。

雖然貨幣的設計不同，不過單位同樣是分，這是因為兩國有透過條約規定重量和含金量。

「在瑞穗伯國，一分為『一文』、百分為『一朱』、萬分為『一兩』。」

貨幣的形狀似乎也不同。

不過重量和含金量沒有不同，換匯的比率也一樣。

「那應該能買糰子吧？」

「如果是大商店還有可能，但這種茶屋應該只收瑞穗貨幣。」

「怎麼這樣——！」

「別為這種奇怪的事情耍任性啦。雖然這種男性比較可愛，符合本宮的喜好。在外幣兌換所不用手續費就能換錢，所以你大可放心。也能用赫爾穆特王國的錢換喔。」

既然沒有當地貨幣，那就沒辦法了。

我決定在馬車抵達領主館前先安分一下。

雖然沿著山路下山後，就能看見人煙，但那裡不管怎麼看都是古代的日本農村。

現在是冬天，所以田裡只有主要作物收割後種的小麥。

無論是木造或石造的民宅都沒有茅草屋頂，不過由於造型是日本風格，所以看起來還是和帝國的其他地區完全不同。

從農村進入城市後，馬車繼續前進，最後總算抵達領主館。

「這座城真壯觀。」

艾莉絲驚訝地喊道，那與其說是領主館，不如說是被三重壕溝圍繞、設有巨大天守閣的星形要塞。

在我看來，這座領主館就像是大阪城與五稜郭的合體。

「瑞穗城不管什麼時候看都很大呢。」

「這應該很難攻陷吧？」

「沒有攻不破的城或建築，只是必須付出龐大的犧牲。」

即使派比守城方多好幾倍的兵力進攻，攻下這座城時還是會出現極大的損害。

「過去應該也出現非常多犧牲者吧。」

「不，從來沒有人能攻到這座瑞穗城。」

「咦？是這樣嗎？」

「戰火會讓國土荒廢，所以瑞穗伯國軍向來都是在領地邊界迎擊。」

越過山脈以少數人迎擊大軍。

雖然瑞穗伯國軍也付出了許多犧牲，但他們每次將來犯的帝國軍打得落荒而逃後，都會邊追擊邊掠奪周邊地區的物資。

「帝國如果戰勝也會展開掠奪，所以是先發動攻擊還打輸的帝國不好。只要一開戰就幾乎必敗，被追擊時還會遭到掠奪。若只有帝國軍的物資被搶走，那還算是自作自受，但瑞穗伯國周邊的貴族可就受不了了。」

瑞穗伯國平常是會和他們交易的溫和鄰居，只要中央的帝國軍別來侵略和被打敗就不會發生掠奪行為，所以每次遠征都會遭到那些貴族抗議。

「以前帝國似乎也曾動員周邊諸侯，同時從多處發動攻擊。」

結果雖然瑞穗伯國軍動員的戰力折損了一半，蒙受極大的損害，但帝國軍損失了八倍以上的士兵。

「領地與瑞穗伯國鄰接的諸侯軍，有些甚至還被全滅。根據當時的領主日記，菲利浦公爵家派出的軍隊也有三分之二未能回來。」

「這不就等於全滅嗎？」

「艾爾文說得沒錯，不管再怎麼修飾都是全滅。」

似乎是因為菲利浦公爵家諸侯軍必須獨自從北方進攻，才會發生那樣的悲劇。

「然而瑞穗伯國並不打算擴張領地，也不會離開秋津大盆地。所以瑞穗伯國才會走上保護國化的道路。」

泰蕾絲說明完後，馬車抵達瑞穗城外部庭院的入口。

多虧村木先生在前面帶路，我們沒受到檢查就穿過三重壕溝抵達設有天守閣的主城。

我們一下馬車，就看見一名似乎有點年紀、穿著武士禮服的男子。

應該是地位比村木先生高的上級陪臣。

「鄙人是家則．吉良．瑞穗，接下來將由鄙人帶各位去見主公大人。」

該說不愧是泰蕾絲嗎？

居然能直接和領主會面。

「瑞穗？你是瑞穗家的人嗎？」

「雖然只是分家。」

瑞穗伯國的人即使是庶民，也全都有自己的姓。

然後像家則先生這樣在吉良這個姓的後面加上瑞穗者不是分家的人，就是因為功績顯赫而從瑞穗家那裡獲得名譽姓的人。

「（真的就像戰國時代或江戶時代呢……）」

這和因為有功而獲賜豐臣姓或松平姓的作法非常相似。

我們在家則先生的帶領下進入城內，裡面果然也有鋪榻榻米並禁止穿鞋進入。

久違的榻榻米發出令人懷念的味道。

「這是布做的鞋子？」

大家脫掉鞋子或靴子後都是赤腳，所以家則先生拿了分趾鞋襪借我們穿，但第一次穿分趾鞋襪讓大家都覺得不太習慣。

「不過這能防止汗悶在鞋子裡。」

「布蘭塔克先生，這樣剛好能防腳氣吧？」

「伯爵大人，為了我的名譽著想，我得特別聲明自己沒有腳氣。」

布蘭塔克先生刻意強調自己沒有腳氣，但這樣反而更讓人起疑心。

「那可以說是冒險者和軍人的職業病。長時間移動或行軍時，汗一定會積在鞋子裡。在下要買這個回去！」

導師沒否認自己有腳氣。

「這是用草編的墊子嗎？真是奇特呢。」

卡特琳娜走在上面時，好奇地看著榻榻米。

「這個門是要往旁邊推開耶。」

「在木框上貼紙的窗簾？真是不可思議。」

「這花瓶好怪。」

露易絲看向拉門、伊娜看向隔扇、薇爾瑪看向裝著鮮花的花瓶，三人都露出驚訝的表情。

另外像是鑲格窗和壁龕，以及擺在那裡裝飾的掛軸和陶器，都是大家從未見過的東西，讓他們非常感興趣。

「我們應該是第一批進瑞穗伯國的赫爾穆特王國人吧。」

導師說得沒錯，因為外國人禁止離開巴迪修。

雖然或許也有人違反規定，但瑞穗伯國算是其他國家，所以應該沒那麼容易入境。

「我家老爺寫的紀行也沒有記載。」

布雷希洛德藩侯幾乎沒留下任何關於瑞穗伯國的記述。

只有在巴迪修看見瑞穗風格的建築物並寫下感想而已。

「請往這裡走。」

謁見廳位於天守閣的最上層，在家則先生的帶領下走進室內後，便能看見瑞穗上級伯爵像時代劇裡演的那樣坐在房間內的上座。他的外表看起來約五十歲。

由於他的坐姿端正，因此給人非常能幹的印象。

後面壁龕上的擺飾，也都是看起來很貴重的壺和用墨水畫的山水畫掛軸。

他旁邊還有幫主人保管刀的侍童，真的就和時代劇一樣。

那副姿態怎麼看都是日本的領主大人。唯一的差別，大概就只有這裡誰也沒綁髮髻吧。

「好久不見了，菲利浦公爵大人。」

「大概一年沒見了吧？上次見面，應該是本宮剛前往巴迪修留守的時候。」

「似乎是這樣沒錯呢。留守帝都時遭遇政變實屬不幸。雖然瑞穗伯國沒有那種義務。」

為了支援皇帝，七名公爵中至少有三名得留守巴迪修，而先帝駕崩和政變剛好都發生在輪到泰蕾絲留守的時候。

雖然選帝侯們後來也全都因為陛下的葬禮、新皇帝選舉和即位儀式而齊聚帝都。

「真是令人羨慕。本宮可是悽慘到必須冒著生命危險，才能勉強逃來這裡呢。」

「光是能逃出來就很厲害了。對了，能請您幫忙介紹一下旁邊的客人們嗎？」

「他們是本宮的恩人。」

泰蕾絲將我們介紹給瑞穗上級伯爵，接著瑞穗上級伯爵也開始自我介紹。

「我是瑞穗上級伯爵豐宗・瑞穗。赫爾穆特王國的最終兵器和屠龍英雄嗎？原來如此，菲利浦公爵大人的運氣真是不錯呢。」

「否則光是逃離那裡就很困難。說到這件事……」

「我們願意派兵喔。」

「回答得真快。」

這將是從未遠征過的瑞穗伯國軍首次對外派兵。

泰蕾絲原本以為對方會花一點時間考慮，所以被瑞穗上級伯爵快速的決斷嚇了一跳。

「因為那位紐倫貝爾格公爵大人，似乎很敵視我國。」

統一又堅強的帝國和瑞穗伯國可說毫不相容的概念，站在他這個愛國者的立場，至今不斷為帝國帶來損害的瑞穗伯國本來就該毀滅。

「他應該會認定為了帝國的未來，不論造成多少犧牲都必須摧毀這裡吧。」

瑞穗人和瑞穗投資的事業，原本就在紐倫貝爾格公爵領地因為他的愛國政策受到不少損害。既然平時就已經對立，那戰時只會變本加厲。

「瑞穗伯國在紐倫貝爾格公爵領地內的資產已經全被沒收。瑞穗人也幾乎都被逮捕，女人和小孩也被送到了收容所。」

「做得真是徹底。」

「這是透過燕子傳來的最新報告。在帝都也發生了相同的事情。」

此外菲利浦公爵領地的主要民族蘭族的資本和人民也受到相同的損害，其他少數民族也蒙受了相同的迫害。

「那傢伙真是瘋了。」
「鮑麥斯特伯爵，對那個男人來說，這樣才符合正義。」
不過真虧帝國願意讓那種危險的男人當公爵。
難道就沒辦法剝奪他的地位嗎？
「那個男人打算蹂躪菲利浦公爵領地和我國。比起被他各個擊破，不如從一開始就聯手。」
「的確。不過那個男人真的了解嗎？」
「了解什麼？」
「統一又堅強的帝國根本就只是笑話。」
雖然為了方便起見，而將帝都巴迪修周邊的人稱作阿卡特人，但嚴格來講，阿卡特人也不過是眾多民族的集合體。
只是因為語言和宗教相同，看起來沒什麼差異，外加帝國想表現出統一感，才會被擅自稱作阿卡特人。
「正因為如此，他才會盯上黑髮的瑞穗人和膚色不同的蘭族。」
徹底殲滅這兩個民族，再將所得的利益分給那些自稱阿卡特人的傢伙。
這麼一來，就能期待那些牆頭草對他效忠。
「（與其說是純正的國粹主義者……）」
不管怎麼想，都是讓人不想和他交朋友的人物。

「我們已經在進行出兵的準備。」

「本宮也試著動員菲利浦公爵領地和北方諸侯吧。」

根據泰蕾絲對瑞穗上級伯爵的說明，她似乎也想拉攏東部和西部的諸侯。

「即使成功機率不高，或許還是會有少數人加入我方。」

畢竟並非所有人都贊同紐倫貝爾格公爵那種激進的作法。

「雙方整合軍隊互相殘殺，活下來的一方獲勝。真是淺顯易懂。那麼導師大人和鮑麥斯特伯爵大人打算怎麼做？」

因為是在瑞穗上級伯爵面前，所以泰蕾絲難得叫我鮑麥斯特伯爵。

「這個嘛，該怎麼辦才好呢？」

這時候還是先蒙混過去好了，即使繼續被捲入內亂也不會有什麼好事。

雖然還沒告訴其他人，但我打算從菲利浦公爵領地偷偷搭船離開。

因為是長距離航行，所以得包下大型船，至於船員只要用高薪招攬就行了。

就是為了在這種時候依靠金錢的力量，我才會努力賺大錢。

唯一需要擔心的，就只有紐倫貝爾格公爵在巴迪修啟動的妨礙通訊與移動魔法的魔法道具，但這個等回鮑麥斯特伯爵領地後再煩惱就好。

儘管不曉得那個裝置的有效範圍多大，但或許王國那裡完全沒受到任何影響。

也可以趁紐倫貝爾格公爵和泰蕾絲忙著內戰時，派軍隊去破壞那個裝置。

泰蕾絲是個好女人，但同時也是個危險的女人。

我就像個凡人般逃之夭夭，趁早遠離這些麻煩吧。

話雖如此，要是太早說出自己的想法，不曉得泰蕾絲會怎麼設計我。

這時候還是先假裝思考……採取上班族時代也曾用過「嘴巴上說會回公司檢討，但其實完全不會檢討」作戰吧。

「鮑麥斯特伯爵大人是其他國家的貴族。即使拜託你們參戰，也只會讓你們感到困擾吧。」

瑞穗上級伯爵似乎能夠理解我們的立場。

布蘭塔克先生也一直保持沉默，再怎麼說他應該也不想參加這場內戰吧。

「不，其實在下對戰鬥熱血沸騰……『哇——！什麼事都沒有！』」

然而只有導師一個人不會看氣氛，突然說想參戰，害我連忙摀住他的嘴巴。

布蘭塔克先生也一起行動，看來他果然也希望能夠不參戰。

「（鮑麥斯特伯爵，不然要怎麼處理那個裝置？）」

「（應該也能之後再找機會破壞吧！必須先向陛下報告才行！）」

「（唔……真沒辦法。）」

正常來講，應該是年輕又血氣方剛的我被年長的導師阻止才對，為什麼會反過來啊？

「威德林，本宮會準備豐厚的報酬喔。」

那些報酬裡，絕對摻雜了泰蕾絲的誘惑。

光是這點就讓我覺得不能收下。

「雖然能夠理解各位的心情，但反正召集軍隊也需要時間。菲利浦公爵大人也在這裡留宿一晚，好好休息吧。畢竟只要穿過北方的山路，馬上就能抵達菲利浦公爵領地。」

「真是個好主意。」

儘管我不想參加內戰，但在瑞穗伯國觀光是個很有魅力的提案。

這個國家和古代日本很像，應該有很多不容錯過的東西，尤其是食物。

「好吧。那本宮就不客氣地在這裡休息一晚了。」

泰蕾絲也答應後，我們為了讓舟車勞頓的身體能夠恢復，決定在瑞穗伯國休息。

第二話　遊覽瑞穗伯國

「你不打算協助泰蕾絲大人嗎？」

「導師，現在我們手中的情報還太少，比起留在這裡幫忙，或許先回王國一趟後再提供援助，反而比較有效果。立刻就下決定並非良策（當然我是打算直接逃跑）。」

「的確，伯爵大人說得也有道理。」

抵達瑞穗伯國後，泰蕾絲順利讓他們答應派出援軍。

雖然我們當然打算先逃回去再說，但還是沒把話挑明，現在正全力在瑞穗伯國享受觀光。

聽說他們包下了一間附露天澡堂的高級溫泉旅館給我們住宿，這真是太令人期待了。

溫泉與美味的日本食物。

到底幾年沒過得這麼享受了。

不過因為只住一個晚上，所以現在得趕緊遊覽瑞穗伯國和挑選土產。

另外還得找機會吃美食，從現在開始一秒都不能浪費。

首先得趕緊去外幣兌換所將赫爾穆特王國的貨幣換成瑞穗貨幣。

這裡的銅幣是在圓形硬幣上開了個正方形洞口的銅錢，銀幣是類似江戶時代的一分銀的長方形，金幣長得和小判一樣，另外還有相當十枚小判名叫「十兩」的大判。

就在我邊逛街邊想要買什麼時，伊娜傻眼地看著我說道：

「你就這麼想要瑞穗伯國的產物嗎？」

「沒錯！可以的話，我甚至想全部買下來！」

我一鼓作氣換了五百萬分，讓伊娜嚇了一跳。

「雖然威爾想怎麼花自己的錢都沒關係……」

「先去剛才沒去成的茶屋吧。」

「你真堅持呢。」

「畢竟從早上開始就什麼也沒吃。卡特琳娜不吃嗎？」

「當然是會吃啦……」

我們沒上山而是走進城裡的茶屋，但城鎮的樣子和茶屋內部果然也都和時代劇一樣。市民和旅行商人都喝著茶配糰子或饅頭。

「歡迎光臨。」

穿著非常像和服的瑞穗服並掛著圍裙的女服務生，從店裡走了出來。

她的年齡應該和我們差不多。

是一名將及腰的長髮綁成一束的正統派和風美少女。

也就是所謂的店花。

「客人，請問您要點什麼？」

「請給我妳的愛。」

「呃……」

「哼！」

「好痛！」

艾爾一看見美少女就馬上開始搭訕，我和布蘭塔克先生往他頭上揍了一拳，硬讓他坐下。

「別丟我的臉啊！」

「可是我想要愛……」

「那個男人以前發生了什麼事？」

「他前陣子失戀了。」

「原來如此。」

泰蕾絲對搭訕的艾爾投以有些同情的視線。

「明明外表長得不差，應該是太急躁才讓人想躲避他吧。」

泰蕾莎的指摘百分之一百二十正確。

不過我覺得她沒什麼資格說別人。

「不好意思，請問要點什麼？」

店花似乎很習慣應付這種客人。

她看起來並未特別在意，繼續幫我們點餐。

「所有人都要茶！然後菜單上全部的東西都來一輪！」

「全部嗎？」

「沒錯！全部！」

就另一方面來說，導師也同樣為所欲為。

因為他居然把這間店所有的餐點都點了一輪。

似乎沒預測到這種情況的店花也非常驚訝。

「導師，你吃得下那麼多嗎？」

「不用擔心！」

「沒問題。」

布蘭塔克先生擔心地問道，但除了導師以外，還有薇爾瑪在。

區區茶屋的餐點，應該是不用擔心。

「先為各位送上糰子。」

簡單的白玉糰子、包了紅豆餡的艾草糰子，以及醬油糰子。

久違的甜味，讓我沉浸在感動之中。

「親愛的，這真好吃呢。」

「果然還是贏不了專家。」

「下次我也要挑戰。買材料回去吧。據說若氣候和土壤不同，即使是相同作物，味道也會不一樣。」

冬天會變冷的瑞穗伯國產的稻米和紅豆確實比較美味。

不愧是擅長料理的艾莉絲。

馬上就銳利地指出這點。

「原來威爾偶爾會做的東西就是瑞穗料理啊。你怎麼會知道這些東西？」

「透過布雷希柏格的圖書館。」

雖然伊娜問了個尖銳的問題，但因為領主有特別資助布雷希柏格的圖書館，所以那裡的藏書量僅次於王都史塔特柏格。

即使是伊娜，也不可能掌握圖書館的所有藏書，因此似乎沒識破我的謊言。

「威德林對書和食物有興趣啊，跟本宮很合呢。」

「泰蕾絲大人也會做菜嗎？」

「偶爾會做。雖然會的菜色不多，但也不容小看喔。」

儘管泰蕾絲這麼說，但不清楚她的料理技術如何的我根本不曉得該怎麼回應。

要是叫她實際露一手，可能會被迫吃下不得了的東西。

我現在可沒那麼閒，還是先忽視比較保險。

「這紅豆湯真好喝，不過砂糖是從哪裡來的？」

「我們的砂糖是從甜菜萃取出來的。」

店花回答露易絲的疑問。

用甘蔗製造的砂糖屬於昂貴的進口品，所以瑞穗伯國通常是從甜菜萃取出砂糖。

至於剩餘的殘渣，則是當成家畜的飼料。

「味道和用甘蔗做的砂糖差不多呢。」

「因為一樣都是甜的，感覺又要變胖了。」

「雖然卡特琳娜經常這麼說，但太瘦也不太好……」

卡特琳娜每次吃甜食時，都會說自己一定會變胖或必須要減肥。

她明明就不像王都那些有錢有閒的貴婦那麼胖，真是不可思議。

「是這樣嗎？」

「主要是差在抱起來的感覺。」

「威德林先生……」

雖然卡特琳娜露出傻眼的表情，但這點絕對不能退讓。

當然太胖也不好，不過太瘦的女性缺乏魅力也是事實。

不過女性只要一多就會變吵這句話實在說得太好了。

儘管艾莉絲等人邊聊天邊津津有味地吃著糰子，但在我們這群人當中，還是有兩人表現得十分異常。

「每一樣都很美味呢！」

「我還能再吃一輪。」

「說得沒錯。小姐！麻煩再把菜單全部上一輪！」

「還要再上一輪嗎？」

吃光大量甜食的導師和薇爾瑪身邊出現堆積如山的空盤，最後他們甚至還要求再上一輪。

面對將所有餐點都點了兩次的導師和薇爾瑪，就連店花都忍不住發出驚嘆。

「兩位沒問題吧？」

雖然露出像是覺得胃痛的表情，但獨自將羊羹切成小塊入口的布蘭塔克先生還是認真地擔心兩人。

「沒問題！」

「根本不算什麼。」

「這樣啊……」

吃完羊羹後，布蘭塔克先生也對兩人的食慾感到傻眼。

他那個表情，應該也摻雜了想早點去喝酒的心情。

「很多東西都是第一次吃到，而且非常美味！」

「我滿足了。」

「畢竟妳吃了那麼多東西。」

在茶屋品嚐過甜點後，我們前往下一間店。

導師和薇爾瑪吃了分量多到可怕的甜點，布蘭塔克先生驚訝地說：

「接下來還要吃飯喔。」

「在下連五分飽都還不到！」

「我也還很有餘裕。」

「那真是太好了。」

布蘭塔克先生對導師和薇爾瑪露出放棄的表情。

「那位店花真可愛呢。」

然後比起糰子的味道，艾爾似乎對那位可愛的店花更有印象。

「瑞穗有好多可愛的女孩子。真想在這裡待久一點。」

你該不會想在瑞穗伯國找老婆吧？

「親愛的，真的很美味呢。」

「是啊，比我單靠知識做出來的東西要美味多了。」

缺乏料理技術的我做出來的東西，根本比不上茶屋端出的甜點。

雖然我在孤獨的兒童時期曾在未開發地辛苦地反覆試做，但果然還是比不上專家。

看來或許有必要僱用瑞穗人當我的專屬廚師。

我決定晚點要找瑞穗上級伯爵商量這件事。

瑞穗伯國幾乎算是獨立國家，所以趁這時候獨自強化和他們的關係，對一個貴族來說也是正確的行動。雖然我只是想要一個能定期收購瑞穗伯國產的食材管道。

「再來是……找到了！」

在城裡走了一會兒後，我發現一間店在門前掛著寫了「蕎麥」二字的布簾。

我總算能在這個世界吃到蕎麥麵了。

若太興奮會讓大家起疑，所以我走進這間店時還假裝是偶然發現這裡。

「湯麵和沾麵各一。」

雖然我兩種都點，但艾莉絲他們只點其中一種。

「菜單上的全都來一輪。」

「真期待。」

「這位客人，您說全部？」

「請放心，我們一定會全部吃完！」

「我知道了……」

這兩個人又嚇到來點餐的蕎麥麵店的女服務生了。

「真好吃。」

因為南方也有蕎麥，所以我也曾經自己做過，但以我的技術只能做出像粗義大利麵的東西。

儘管我也有試做過麵露（註：一種以高湯、醬油和味醂為基底製成的調味料），但即使具備一定程度的知識，還是很難做得好吃。

然而這在瑞穗伯國只是普通的料理。

看來可以好好期待其他的日本食物。

不過這樣就會面臨一個問題。

「難得有機會品嚐瑞穗料理，時限卻只到明天早上。」

晚餐預定是在瑞穗上級伯爵準備的高級溫泉旅館享用，那裡的酒和料理都值得期待。

不過這當中也隱藏著晚餐和早餐都已經被決定好的陷阱。

可以的話，我希望能在回去之前多吃幾種料理，但要是吃太多，晚餐可能會吃不下。

這實在太令人煩惱了。

「食量有限，到底該吃哪些東西才好。」

「為什麼要這麼認真地煩惱這種事啊……」

艾爾一臉無法理解地對我說道。

「要是我也像導師和薇爾瑪那麼會吃……」

「模仿那兩個人也太危險了。」

雖然被艾爾當成了怪人，但我才不想被在這間蕎麥麵店也搭訕女服務生失敗的艾爾這麼說。

「那威爾也去搭訕看看啊！你絕對會失敗！」

我怎麼可能那麼做。

明明是來用餐，為什麼非得搭訕不可？

這兩件事根本沒關係吧。

而且艾爾忘了一件最重要的事情。

「看你說了什麼蠢話……」

儘管覺得不妙，但等我阻止時已經太遲了。

「艾爾文先生。若伯爵大人在其他國家搭訕，可是會影響到他的名聲。」

「艾爾。要是他真的搭訕成功怎麼辦。」

「我可不想再增加與女性有關的騷動。」

「廢物家臣。連搭訕都失敗。」

「要是威德林先生去搭訕，應該會有許多女性蜂擁而來吧……」

「可惡！我的愛究竟在何方啊——！」

被艾莉絲等人狠狠罵了一頓後，艾爾開始自暴自棄地吃起蕎麥麵。

「要是有賣麵露和生麵，就隨時都能吃得到了。」

「你這麼喜歡這個嗎？」

「嗯。布蘭塔克先生喜歡的是酒嗎？」

「這個冷酒很好喝。買一些回去好了。」

比起蕎麥麵，布蘭塔克先生似乎更喜歡額外點的那種像日本酒的酒。

他用蕎麥麵疙瘩當下酒菜，同時又加點了一瓶冷酒。

「（我好像在蕎麥麵店看過這種大叔。）」

當然是在日本的時候。

「伯爵大人，你該不會在想什麼失禮的事情吧？」

「沒這回事（真敏銳……）。小姐，請問這是什麼酒？」

為了蒙混過去，我向年輕的女服務生打探這種酒的資訊，這似乎是用米釀的瑞穗酒。

「（根本就是日本酒嘛。）」

試著嚐了一下味道後，我發現味道也和日本酒一模一樣。

「嗯，在下非常滿足。」

「謝謝招待。聽說吃八分飽比較健康，所以就先吃到這裡為止吧。」

薇爾瑪好像說了什麼很恐怖的話，但我決定當作沒聽見。

吃完蕎麥麵離開店裡後，在這裡也大吃了一頓的薇爾瑪和導師摸著肚子露出滿足的表情。

「吃了那麼多東西，這也是理所當然吧。」

就這點而言，我覺得艾爾說得非常正確。

「接下來是買東西吧。」

因為女性成員很多，所以先去買衣服好了，而且這裡是瑞穗伯國。

這裡的人穿的瑞穗服，穿法基本上與和服相同，所以得先學會怎麼穿才行。

在寫著「吳服店」的高級店裡，艾莉絲等人開心地觀賞圖案美麗的瑞穗服與鑲有昂貴寶石的髮簪，但還是等以後有機會再買吧。

「真遺憾……之後也僱用知道穿法的女僕吧。」

「真是奢侈。」

「因為我有的是錢。」

看來晚點也要找瑞穗上級伯爵商量懂瑞穗服穿法的女僕的事情。

「畢竟伯爵大人平常過得還算節儉。」

布蘭塔克先生說得沒錯，我們平常過的生活並不怎麼奢侈。

因為是伯爵家，所以還是有做最低限度的表面工夫，但私底下的生活就並非如此了。

我平常也有在當冒險者，在外露宿時也和其他冒險者沒什麼兩樣，巧克力、魔之森產的水果和魔物肉等食材都是我自己準備的，所以不用花錢。

最花錢的地方，應該是進口和採買食材吧。

「威德林對妻子很溫柔呢。」

「是這樣嗎？」

「本宮是女公爵，所以周圍都是些對本宮莫名恭敬的無聊之徒。試穿衣服時，稱讚本宮的也都是無法說不好看的家臣，以及希望本宮能買下商品的商人。」

至少希望能有個在試穿衣服時，能正常地說好看或不好看的男性。

雖然以泰蕾絲現在的立場，那應該是個無法實現的願望。

「就算不能買瑞穗服，應該還是能買些小配件吧。」

隔壁的店是在賣表面塗漆、裝飾得非常昂貴的梳子與配件。

此外還有看起來很貴的茶具、漆器和掛軸。

總之擺了許多日本風格的商品。

「艾莉絲，這支梳子如何？」

「梳起來很順，感覺很好用呢。」

這些東西不怎麼貴，所以我接連買下艾莉絲她們喜歡的東西。

「話說威德林，你不買東西給本宮嗎？」

「呃……這樣不行吧……」

若突然送其他國家的貴族，而且還是既非情人亦非妻子的女性禮物，周圍或許會傳出奇怪的謠言。

「即使造成謠言，本宮也完全不會在意。」

「我會非常困擾啊！」

要是被赫爾穆特王國的貴族知道，絕對會有人開始說「鮑麥斯特伯爵被阿卡特神聖帝國的選帝侯籠絡了」或是「被美色誘惑了」。

「再來是魔法道具的店……」

進入另一間魔法道具店後，我發現那裡陳列了許多商品。

明明外觀是日本風格，裡面卻像大型家電行那麼寬敞。

「歡迎光臨。」

這裡陳列的商品大多是泛用型，每一樣的尺寸都比王國的小，價格也高出兩成。

根據店員的說明，這些商品的魔力消費效率都很好，即使灌注相同的魔力，運作時間也能比王國製的產品多三成。

瑞穗人擅長小型化與節能技術。

根本就是典型的「日本製造」。

「瑞穗伯國製造的魔法道具，性能也比帝國製的產品好。」

帝國產和王國產的魔法道具性能幾乎沒有差異。

換句話說，瑞穗國的產品目前就算說是大陸第一也不為過。

但我還是沒買。

因為在魔之森的地下倉庫發現的魔法道具的性能更好。

「（不過形狀和按鈕的配置感覺和魔之森發現的東西很像呢……）」

瑞穗伯國似乎從帝國還只是個小王國時就存在了。

雖然只有瑞穗一族的少部分人知道瑞穗人的起源，或許他們是來自魔之森也不一定。

這樣就能解釋為何只有他們具備高度的魔法道具製造技術。

之所以技術水準變得比以前差，或許是因為有許多技術在流浪時失傳了吧。

「威爾，你不買嗎？」

「因為魔之森地下倉庫的產物性能更好。」

「說得也是。」

「啊！不過還是買一些好了。」

「你該不會是想賣給魔法道具公會吧？」

伊娜說得沒錯，只要賣給他們，應該多少能賺取一些利潤。

魔法道具公會曾經利用豐厚的財力大量收購我們在魔之森地下倉庫發掘出來的東西，並買下整套巨岩魔像的殘骸。

雖然這全都是為了開發出新的魔法道具技術，但坦白講成果有點微妙。

魔法道具公會也很清楚周圍的人都認為他們沒做出什麼成果，所以應該會積極地出高價購買瑞穗伯國製造的魔法道具回去當參考。

不只是王國，帝國製造的魔法道具性能也比不上瑞穗伯國。

由於製造技術都被隱匿起來，希望能迎頭趕上的他們應該也想要瑞穗製的魔法道具。

「魔法道具公會的那些人很有錢，所以應該會買。就當作是賺點零用錢。」

即使他們不買，只要轉賣給其他人還是能賺錢。
因為不用關稅，只要在鮑麥斯特伯爵領地內就能便宜賣出。
「每種我都要了。」
「那個，這位客人。」
「我是要所有的種類沒錯。」
「那個……您是說真的嗎？」
「真的。」
「其實除了展示品以外，還有其他推薦的商品。」
我將大量大判放在店員面前，他就以滿臉的笑容回應我。
還連沒放在店面的商品都拿出來，細心地向我說明。
「歡迎再度光臨。」
將魔法道具店的每一種商品都買下後，我們直接前往食材店。
其實對我來說魔法道具根本無關緊要。
這裡是擁有日本風格文化的瑞穗伯國，所以我想要的東西就只有一樣。
「果然還是比不上啊……」
「啊。有賣威爾做的『味噌』和『醬油』呢。」
種類豐富的醬油和味噌，讓露易絲驚訝地喊道。

「威爾是重現瑞穗伯國的調味料啊。」

「原來這些東西是源自瑞穗伯國啊。因為圖書館的書破破爛爛的，所以我都沒發現。」

我再重複一次，這當然是謊言。

露易絲根本就沒有去圖書館看書的習慣，所以應該永遠不會發現吧。

「有『濃味』、『淡味』和『桶底』，種類真是豐富呢。」

雖然醬油也是如此，但味噌也有甜味和辣味，以及跟白味噌與八丁味噌相似的種類，我當然每一種都會買。

「昆布、柴魚、麵露、和風醬、醃菜、海苔和米的品質都很好呢……」

這裡根本是寶山。

因為馬上就要戰爭，所以無法大量採購，但如果只買自用的分量應該還好吧。

「居然還有生麵！」

這裡也有賣蕎麥麵和烏龍麵的生麵，因此我也買了一些。

「哎呀！怎麼能忘了味醂呢！」

在酒的方面，除了瑞穗酒以外，還有賣用米、小麥和芋頭釀製的燒酒。

這些不只能喝，也能用來做料理。

所以我想盡可能多買一點。

「師傅。威德林先生為什麼這麼高興啊？」

「他從以前開始就是這種男人。不過這總比貪戀女色好吧。」

「說得也是。我是覺得滿可愛的……」

布蘭塔克先生和卡特琳娜似乎在後面說了些什麼，但我完全不在意，接下來要把瑞穗國製的食材與調味料全買回去。

「鮑麥斯特伯爵大人似乎很喜歡瑞穗伯國呢。」

「是的。我希望未來也能定期來訪。」

「我也希望將來瑞穗伯國能與鮑麥斯特伯爵領地自由交流。」

晚上前往指定的高級旅館後，瑞穗上級伯爵在那裡辦了一場宴會。

因為是溫泉旅館，所以我們也換上了旅館準備的浴衣。

浴池裡是直接從源泉抽過來的天然溫泉，對神經痛與關節炎非常有效。

此外據說還對生孩子有幫助，因此艾莉絲她們也說想早點下去泡。

由於是露天浴池，今天似乎也能混浴。

不過還是要先用餐，我們一走進鋪了榻榻米的宴會會場，就看見托盤上擺了許多料理。

生魚片、天婦羅以及將高級牛肉與豬肉沾味噌烤的料理，此外每人還有一個小份的海鮮鍋。

看起來像是我前世參加員工旅行時，在溫泉旅館吃到的餐點的豪華版。

沒想到在這個世界也能吃到。不愧是和日本很像的國家。

「我也好想要廚師……」

只要僱用專屬廚師，就能隨時都吃得到日本料理。

「人民的流動是由帝國政府管轄，所以本宮也無法插手。」

「泰蕾絲大人，這部分請您務必幫忙。」

「威德林執著的部分真是奇怪呢。」

話雖如此，若之後也想讓艾莉絲她們穿和服和浴衣，或是請廚藝高超的廚師做日本料理，就必須要僱用瑞穗人。

只有這點絕對不能退讓。

等回到鮑麥斯特伯爵領地後，一定要設法交涉。

受到內亂的影響，瑞穗伯國接下來應該會很缺錢，帝國政府也一樣。若交涉順利，或許能讓他們答應擴大交易規模和僱用技術人員。等回去之後，再找羅德里希商量吧。

「為慶祝客人們幸運地平安逃離帝都乾杯。」

瑞穗伯國的晚餐會似乎並沒有繁文縟節。

無論來賓是誰，都是以這樣的形式舉辦宴會。

「本宮也很中意這點，但還是有很多人會吵著說怎麼能讓皇帝陛下坐地板。」

明明有坐墊，但帝國的大人物們似乎將榻榻米視為地板。

因為禁止穿鞋，所以我並不這麼認為。

「反正就算來了也只會讓人覺得拘謹，因為這樣就不來反而正好。」

瑞穗上級伯爵毫不隱瞞地說出真心話。

拜此之賜，歷代的皇帝都沒來過瑞穗伯國視察。

由於是半獨立國，因此警備也很麻煩，這方面的計畫每次到最後都會取消。

「選帝侯也一樣。會來這裡的也只有本宮吧。」

泰蕾絲喝著加熱過的瑞穗酒，接著說道。

「明明帝國裡根本找不到其他這麼有趣的觀光地。」

雖然帝國是多民族國家，但各地區的文化差異意外地不大。

這是因為在這兩千年裡，已經大致被同化了。

其中唯一持續保留獨立性的瑞穗伯國，是廣受平民和選帝侯以外的貴族喜愛的觀光景點。

「觀光明明是我們的主要產業，但這次的內亂明顯讓觀光客變少了。那位年輕的公爵大人，真是個不會看氣氛的野心家。」

瑞穗上級伯爵抱怨觀光的收益減少。

政變騷動似乎也讓那些富裕階層的客人，停止來我們今天住宿的高級溫泉旅館。

在這種狀況下，那些階層的人當然沒空觀光。

「若戰亂繼續延長下去，帝國會衰退吧？」

「短期而言，應該不管怎麼做都會衰退吧。雖然紐倫貝爾格公爵似乎有非常精密的長期計畫。」

泰蕾絲也毫不客氣地批評紐倫貝爾格公爵。

想打造中央集權的統一帝國，是件極度困難的事情。

紐倫貝爾格公爵愈是亂來，帝國愈有可能衰退。

「真是個麻煩的傢伙。」

「只有幹勁特別足呢。」

雖說是宴會，但談話的內容無論如何都會轉到政變與主謀紐倫貝爾格公爵的話題上。

不過很快就無話可說，宴會也逐漸進入尾聲。

「明天還要早起，早點去洗澡睡覺吧。」

溫泉啊，上次泡露天浴池已經是前世的事情了。

鮑麥斯特伯爵領地的溫泉果然還是不夠完美。

回去後再叫馬修和巴頓改良設備吧。

「艾爾，去洗澡吧。」

「喔、喔……」

吃完晚餐後，我趕緊邀艾爾去洗澡，但他看起來還在發呆。

他的視線前方，站了一位女性。

「艾爾，是她嗎？」

「嗯。」

既然這樣就能理解，那我就無話可說了。

簡單來講，艾爾又在抵達的地方對女性一見鍾情了。

「（那傢伙不管到那裡都會喜歡上女孩子呢。）」

「（畢竟他還年輕啊。）」

布蘭塔克先生和導師輕聲對話，但他們一定都認為艾爾會再次被甩吧。

的確，仔細一看，對方是個非常漂亮的美少女。

那位少女的身高約一百六十公分，她穿著淡藍色的和服搭配外褂與褶裙，姿勢端正地站在房間角落。

她將及腰的長黑髮綁成馬尾，年齡應該和我們差不多。

和風女劍士風格美少女，那張臉讓我想起卡露拉。

雖然兩人的外表沒那麼像，但給人的感覺相似。

「是她嗎？」

「她是護衛嗎？」

「因為在我們這群人當中有許多女性，所以瑞穗上級伯爵才讓她隨行。仔細看，她有三把刀吧。」

既然擁有「魔刀」並隸屬拔刀隊，表示她的實力應該很高強。

沒錯，她是個美少女劍士。

「其實『拔刀隊』基本上都是男性，聽說裡面總共只有三名女性，而她的實力又遠比另外兩人高超。」

根據泰蕾絲的說明，她的職責是「護衛菲利浦公爵一行人」，從明天開始將會與我們同行。

「那個女孩叫遙．藤林，今年十六歲。等她到了跟本宮一樣的年紀，應該也會變成一位不得了的美女吧。」

既然是氣質和卡露拉相似的和風女劍士風格美少女，也難怪艾爾會迷戀上她。

話說泰蕾絲……妳居然直接說自己是美女……雖然是這樣沒錯啦。

「比起威德林，艾爾文更對她著迷？」

「或許吧。」

「這組合還不錯。兩人都會用劍，而且遙．藤林的老家是低階的陪臣家。她是靠出類拔萃的劍術獲得提拔。」

一聽見泰蕾絲的話，艾爾全身都充滿了幹勁。

這表示艾爾娶她時，應該不會遭遇任何阻礙。

一得知這點，艾爾的眼中再次燃起鬥志。

「幸會，我是負責護衛鮑麥斯特伯爵的艾爾文．馮．阿尼姆。」

先不管有沒有機會，艾爾敏捷地衝到遙旁邊開始自我介紹。

他明明是我的護衛，現在眼裡卻完全沒有我的存在。

「同樣是負責護衛的夥伴，要不要來稍微討論一下。」

「討論啊……」

雖然艾爾當然有好好擔任護衛，但他偶爾會給女性成員們輕率的印象，所以套用露易絲的說法，他怎麼看都只是想用討論當藉口進行搭訕。

「阿尼姆大人，我叫遙・藤林。」

「既然是一起護衛菲利浦公爵大人的夥伴，就別叫我大人了。親近的人都直接叫我艾爾。」

「艾爾先生嗎？」

「沒錯！請多指教。遙小姐，事不宜遲，我們趕緊來討論吧。雖然這間旅館的警備非常嚴密，但離開瑞穗伯國後有必要加強警戒……」

「確實如此。」

名叫遙的美少女劍士，基本上似乎是個認真的人。

即使突然被艾爾直呼其名，只要一談起工作就毫不在意。

因為認為是要討論工作，所以她坦率地繼續和艾爾談話。

「我第一次看見艾爾這麼認真。」

「我也是。」

我也贊同伊娜的說法。

一發現名叫遙的少女因為被委以重任而打算認真努力，艾爾就採取了藉由提供協助讓她愛上自己的作戰。

雖然我覺得他的觀察力和作戰都很優秀，但他的戀愛至今從來沒成功過。

「話說遙小姐，妳是藤林家的長女嗎？」

「不，我有個嫁出去的姊姊，老家也將由哥哥繼承。」

「這樣啊。」

艾爾突然變得笑容滿面。

大概是認為她可以毫無顧慮地嫁給自己吧。

唉，雖然我能理解他的心情，但在我看來，遙可是難得一見的美少女。

「（不過居然會遇到美少女劍士……）」

而且她的身材其實很棒。

因為有學過劍術，所以姿勢端正，身上的瑞穗服胸口部分也明顯隆起。

大概只比卡特琳娜小一點吧？

「遙小姐平常有什麼興趣嗎？」

「咦？這和護衛有什麼關係嗎？」

「是沒有直接關係。不過護衛的工作過程通常都很緊張。在有空的時候和護衛的同伴交流一下，適度放鬆也很重要。」

「原來如此。我放假時會做料理……」

「這樣啊，看來遙小姐不只劍術，在女性素養方面也頗有心得呢。」

「其實我的廚藝並沒有那麼好……」

遙在被艾爾誇獎後，也顯得有些喜形於色。

或許她其實不太會應對男性也不一定。

「他搭訕的技巧變好了呢。」

雖然認同艾爾的劍術，但基本上將他當成輕浮男子的卡特琳娜傻眼地說道。

不過關於護衛的事情，其實艾爾並沒有說錯。

畢竟至今我從未在艾爾的護衛下遭到襲擊。

「威爾，我們去洗澡吧。」

「威爾大人，洗澡。」

「說得也是。」

艾爾和遙的事情，只要交給他們自己解決就行了。

露易絲和薇爾瑪拉著我的手，很快就來到露天浴池。

「我們有男浴池、女浴池和混浴浴池。」

旅館的服務人員如此說道……

「男浴……」

「我們要混浴！對吧，親愛的。」

「我贊成艾莉絲的意見，選混浴吧。」

「絕對是混浴！」

「混浴。」

「混浴吧。」

我本來想選男浴池，但馬上被艾莉絲她們打斷。

雖然我對導師和布蘭塔克先生的裸體一點興趣也沒有，但和男性一起洗澡比較輕鬆。

「各位的同伴，剛才已經進去男浴池了。」

據中年女服務員所言，那兩人似乎急忙跑進了男浴池。

「選混浴不就好了嗎？本宮也一起……」

「泰蕾絲大人，接下來是屬於夫妻的時間，請您迴避。」

泰蕾絲一聽見混浴就想加入，但立刻被艾莉絲阻止。

導師和布蘭塔克先生一定是預測到會有這場爭執，才會先逃跑。

「這裡又沒被鮑麥斯特伯爵家包場，為什麼本宮不能進去？」

「因為……」

「當然不行吧。帝國的菲利浦公爵和王國的鮑麥斯特伯爵在同一個浴池全裸入浴，這要是傳出去可就不得了了。」

卡特琳娜說得非常有道理。

這樣不僅影響名聲，搞不好紐倫貝爾格公爵還會藉此大肆宣傳我和泰蕾絲打算聯手竊取帝國。

「（雖然和泰蕾絲一起混浴是個很有魅力的提案……）」

但搞不好連王國那邊都會對我起疑心。

我不認為泰蕾絲的魅力有大到能讓我忽略這點。

雖然我心裡覺得非常可惜。

「在重要的大義面前，還請泰蕾絲大人自重。」

被卡特琳娜嚴厲地訓了一頓後，泰蕾絲死心前往女浴池。

「泰蕾絲大人真是糾纏不休。」

露易絲泡在露天浴池裡嘆道。

不愧是高級旅館，這裡的露天浴池既寬敞又豪華。

即使同時有六個人在用岩石圍起來的露天浴池裡泡澡，空間還是綽綽有餘。

儘管周圍被竹牆遮住，但還是能從牆上看見美麗的滿月和群山的稜線。

隔壁的日本庭園風格的庭院似乎有設置添水，每隔一段時間就會傳來規律的竹子敲擊聲。

「該不會泰蕾絲大人是盯上了魔力增加……」

「露易絲，噓！」

伊娜慌張地打斷露易絲。

五位妻子的魔力量原本已經成長到極限，但她們的魔力之後不僅再次提升，原因或許還是和我的夜生活有關，這件事目前是祕密。

雖然我和亞美莉大嫂也有做相同的事情，不過因為她原本就沒有魔法師的素質，所以魔力並未增加。

然而伊娜和薇爾瑪的魔力也有增加，即使程度都在初級以下，但兩人平常使用長槍與戰斧時，也會無意識地使用魔力。

根據布蘭塔克先生的推測，雖然大家至今都認為魔法師只占人口的千分之一，但我的能力或許隱藏了能讓情況變成每數百人就有一名魔法師的可能性。

「前提是和伯爵大人『做過』。」

魔力量已經透過修練和「容量配合」成長到極限的艾莉絲、露易絲和卡特琳娜的魔力量也有增加。若這件事傳了出去，應該會有大量女性蜂擁到我身邊。

「嘿嘿嘿，雖然上次和男性幽會已經是五十年前的事情了，但這樣就能讓魔力增加實在是太值得了。」

「真是令人期待。」

或許會有超過八十歲的老太太魔法師，跑來找我和她們發生關係也不一定。

這根本就是惡夢。

即使如此，若只有女性倒還好。

「你好！請你幫我提升魔力！」

要是有男人對我露出屁股，我一定會發瘋。

就算這對教會來說是禁忌，面對能增加魔法師和突破魔力量極限的魅力，教會還是有可能將這當成儀式默認。

幸好伊娜及時打斷了露易絲。

「露易絲的口風真鬆。這裡可是還有其他人在……」

「我的確失言了。」

站在瑞穗伯國的立場，應該是不會希望我們出事。

只要使用「探測」，就能在周圍發現許多護衛的反應吧。

「（該不會還有『忍者』在吧？）」

「偷窺？」

即使對方是為了護衛，但該不會被人看見裸體了吧？

感覺到危險的薇爾瑪擺出警戒的架勢。

「放心啦，薇爾瑪。因為所有人都是女性。」

「妳還真清楚呢……」

比起在心裡想「那就是女忍者囉」，我更在意露易絲的「超探測」。

「男性和女性的魔力有微妙的差異。」

「雖然這我也知道……」

小時候師傅曾經教過我這項知識，但聽說實際上幾乎沒有人分辨得出來。就連師傅和布蘭塔克先生都辦不到。

儘管兩人只要記憶過魔力，就能認出對方是誰，但光靠第一次見到的魔力就能分辨性別的技巧，是只有露易絲辦得到的特技。

「露易絲好厲害，下次教我吧。」

薇爾瑪坦率地表達感動。

「她最近又變得更厲害了。」

就連我也對她那足以和導師匹敵的能力感到驚訝。

「不過是最近才變成這樣。感覺在魔力提升的同時，魔力的探測能力也跟著提升了。」

「只要妳有那個意思，應該能獨自取得爵位吧。」

卡特琳娜也替露易絲的實力掛保證。

「我才不需要。治理領地太麻煩了。我要繼續當威爾的妻子，和孩子們一起將魔鬥流發揚光大。」

「威德林先生和露易絲小姐的小孩啊……」

或許會生出像導師那樣的孩子也不一定。

卡特琳娜似乎做出了那樣的想像。

「話說回來，這座露天浴池真不錯呢。」

要是被別人聽見，的確會很麻煩。

我配合艾莉絲，將話題拉回露天浴池。

「會讓人想定期造訪呢。」

「希望下次能來悠閒地住幾天。」

艾莉絲笑著向我搭話，但真不愧是艾莉絲。

她的胸部輕飄飄地浮在水面上。

我直到婚後和她一起洗澡時才發現，由脂肪構成的胸部真的會浮起來。

「（真是美妙的光景。）」

卡特琳娜的胸部也會浮起來，隔著熱水看伊娜和薇爾瑪的胸部也和直接看時不同，別有一番風味。

一定是因為我不惜做出討厭的殺人行為也要活下來，神明才會像這樣獎勵我。

雖然殺人後不是完全沒有罪惡感，但太在意這種事會無法在這個世界生存。

只能像這樣看開一點。

「噗——！我這樣的胸部也算是很有個性啦——！」

胸部最小的露易絲跳到我的背上。

雖然和十二歲時相比算是有所成長，但露易絲的胸部果然還是A罩杯。

「的確是很有個性。我喜歡露易絲的胸部喔。」

我用背部感受露易絲的微乳，同時做出像色老頭的發言。

考慮到我內在的年齡，這也沒什麼好奇怪的。

「對吧。我的胸部可是稀少又珍貴。而且不像某人一把年紀還嫁不出去。」

「喂……」

露易絲說的某人，當然是指那個到二十歲還單身的人。

「喔。妳說誰嫁不出去？還請務必告訴本宮。」

不過露易絲這個人也真壞。

因為泰蕾絲總是跑來誘惑我，所以她才刻意講她的壞話。

以露易絲的能力，不可能沒發現泰蕾絲就在附近。

「（喂，露易絲。）」

「（雖然我有發現女性的氣息，但沒想到是泰蕾絲大人。）」

露易絲辯解似的說道，不過想也知道她是在說謊。

她應該早就記住泰蕾絲的魔力。

「那個……泰蕾絲大人？」

「放心吧。為了純真的威德林，本宮有穿入浴服。」

不愧是觀光勝地的溫泉。因為有些觀光客不習慣和別人一起全裸入浴，所以旅館特地準備了入浴服。

泰蕾絲穿著白色的入浴服。

「同為一起拚命逃亡過的夥伴，偶爾裸裎相見也不壞。」

泰蕾絲邊說邊走進浴池，單薄的入浴服原本就容易突顯出身體曲線，在緊貼泰蕾絲的身體後更是藏不住關鍵的那兩點。

我連忙將視線從泰蕾絲身上移開。

「泰蕾絲大人，像您這樣身分高貴的女性，這麼做實在太不得體了。」

「艾莉絲大人不也是全裸嗎？」

「夫妻一起入浴有哪裡不對嗎？」

「沒有。或許還能因此早生貴子呢。」

面對艾莉絲的攻擊，泰蕾絲和之前一樣輕鬆地化解。

不愧是選帝侯兼皇帝的候補人選。

「本宮突然想到，只要本宮和威德林結婚，就不必再和艾莉絲大人進行這種無意義的爭辯了。這樣不是比較和平嗎？」

「不，這樣會換我無法得到和平。」

我一定會因此被兩個國家盯上。

只有這點千萬要避免。

雖然泰蕾絲是個有魅力的女性，但我已經有亞美莉大嫂這個比我年長的對象，不需要再多一個這種伴侶。

「泰蕾絲大人，您接下來還要召集許多貴族，所以必須留些誘餌給他們吧。」

伊娜說得沒錯。

既然無法確定新皇帝阿卡特十七世和其他選帝侯是否還活著，等打倒紐倫貝爾格公爵這個反叛者後，泰蕾絲就是最有可能成為下任皇帝的人選。

「用有機會成為本宮的夫婿為誘餌召集同伴嗎？這種老套的招數本宮當然也會用，但這並不保證一定會有人成為本宮的夫婿。」

「那泰蕾絲大人打算一直維持單身嗎？」

「女王的夫婿是非常棘手的存在。」

帝國男尊女卑的傾向也很嚴重，搞不好還會妨礙到女王的統治。

雖然過去也有女性的候選人，但還沒有實際即位的例子。

似乎就是因為一定會面臨這個問題，才會無法在皇帝選舉中勝選。

「處理外戚的事情也很麻煩。所以啊。」

在我旁邊泡溫泉的泰蕾絲抱住我的手臂。

豐滿的胸部貼在上臂的感覺真是太棒了……不對，這樣實在不太妙。

「你只要偶爾提供精子給本宮就行了。不過光是這樣也太沒情趣了，所以偶爾也享受一下魚水之歡吧。」

「呃，這個嘛……」

「請您適可而止！您這樣會讓威德林大人很困擾！」

艾莉絲憤怒地將我拉向她，好遠離泰蕾絲。

這次換艾莉絲的胸部抵在我的手臂上。

「會不會困擾是由威德林來決定。對吧，威德林。」

即使如此，泰蕾絲仍不肯罷休。

若她真的成了皇帝，為了防止外戚干政，她應該會刻意和我這個外國貴族生孩子吧。

「只要威德林希望，本宮不介意脫下這件入浴服喔。」

「不，不用了。」

艾莉絲她們不斷牽制泰蕾絲，不讓她誘惑我。

拜此之賜，我完全無法享受露天浴池，只是單純泡了一個很長的澡害自己差點頭暈。

「明知道我會遇到這種慘事，為什麼不來救我啊？」

我一泡完澡就向沒來救我的布蘭塔克先生抱怨。

「因為我不認為伯爵大人會輸給誘惑。」

除此之外，布蘭塔克先生應該也無法對已經認識十年並疼愛過的泰蕾絲太強硬吧。

從年齡來看，他或許是將她當成女兒看待。

若讓菲利浦公爵家生下我的後代，那將會是赫爾穆特王國建國以來首次成功讓自己的血統侵略帝國。

儘管這麼說有點誇張，但貴族這種生物就是會這麼想。

「雖然中央的那些貴族官員應該會以『沒有前例』為由拒絕，但只要『建立前例』，之後就能順利進展下去！」

導師是陛下的好友，所以才會若無其事地提出能讓王國的影響力滲透帝國的策略。

只要泰蕾絲在內亂中獲勝，在政變前研擬的讓兩國間的交易與人員流動增加的政策就能有所進展。

或許王國將來有機會在經濟上支配帝國也不一定。

為了實現這個可能性，首先要讓泰蕾絲生下我的小孩。

這個肌肉大叔不只疼愛外甥女，還是陛下貨真價實的好死黨啊。

「站在貴族的立場，能讓女兒出嫁或兒子入贅的選項增加也不是件壞事！」

只要流著兩國貴族之血的孩子增加，或許也能成為一股抑止戰爭的力量。

雖然人類這種生物也有可能將這當成侵略的理由，但這只能交給後世的貴族去傷腦筋了。

「即使如此，也不要隨便就將我棄之不顧啦。」

導師似乎也贊成參加內亂，所以不能讓他知道我們想要逃跑。

「不過想迴避她的誘惑，其實意外地簡單。」

「請務必告訴我方法。」

我仔細聆聽布蘭塔克先生的忠告。

然後他告訴我一項出乎意料的作戰。

「原來還有這招啊。」

結束與兩位大叔的對話後，我回到房間。

分配給我們的房間是個寬廣的和室，即使六個人一起睡也綽綽有餘，是這間旅館最高級的房間。

似乎是用來給大商人或貴族帶眾多妻子與愛人來享樂的房間。

看來瑞穗上級伯爵將我們當成貴客招待。

「我有方法能躲避泰蕾絲大人的誘惑。」

「那真是太好了。」

伊娜立刻表示興趣。

她應該也不太喜歡泰蕾絲這個「不死心的女人」吧。

「是什麼樣的方法？」

「就像這樣。」

我快速扯掉伊娜浴衣的腰帶。

伊娜沒像時代劇裡演的那樣旋轉，也沒有喊出「哎～呀～」，但浴衣前方大大敞開，露出底下的肌膚。

她的胸部看起來若隱若現，我覺得這個角度非常棒。

「喂！威爾。」

「答案就是所有人一起歡度夜晚！」

雖然二十歲的泰蕾絲散發出性感的魅力，但她有個弱點。

那就是她是個處女。缺乏經驗的她，應該沒有膽量直接加入我們。

所以為了預防她夜襲，我每天都要和妻子們共度春宵。

真像是在這方面經驗豐富的布蘭塔克先生會出的主意。

「這個房間正好適合。」

因為沒有床，是直接在地板鋪棉被，所以只要將棉被連在一起就準備好了。

而且這些棉被還是高級品，非常柔軟輕盈。

「我覺得這是個好主意。」

「對吧？嘿！」

「哎呀——！」

露易絲立刻表示贊同，而我一拉她的浴衣腰帶，她就非常配合地轉圈說出慣例的臺詞。

「那是什麼？」

「聽說這是瑞穗一種特別的作法。」

「原來如此。威爾大人。」

「嘿！」

「哎呀——！」

儘管聲音有點低沉，但我一解開薇爾瑪的浴衣腰帶，她就跟著說出慣例的臺詞。

不過露易絲到底是從哪裡取得這種資訊？

「喵哈哈。真有趣。那再來換卡特琳娜。」

「我嗎？我覺得那太難為情了……」

「不行。因為這都是為了表現給泰蕾絲大人看，讓她不敢過來這個崇高的目的。」

「別想逃。」

玩興大發的露易絲和薇爾瑪抓住卡特琳娜，將她帶到我面前。

「要轉得起勁一點喔！嘿！」

「哎呀——！」

即使嘴巴上說難為情，泰蕾絲露骨的誘惑應該也讓卡特琳娜感到不太高興。

她坦率地讓我解開腰帶，邊轉圈邊喊出慣例的臺詞。

「話說這到底是什麼？」

「呃，壞心代理官欺負年輕女孩的遊戲。」

我將小時候和爺爺一起看的時代劇中，壞心代理官欺負替他倒酒的年輕藝妓的場景說明給大家聽。

「只要解開腰帶，人就會那麼剛好地旋轉嗎？」

「在這種場景中，女性通常都是穿瑞穗服。再來就是只要腰帶一被解開，就得按照慣例誇張地旋轉吧？」

「真是深奧。」

卡特琳娜在奇怪的部分對深奧的瑞穗文化感到佩服。

「不過為什麼露易絲會知道？」

「因為我買了這個。」

雖然城鎮裡也有書店，但其中有些店也有賣類似浮世繪的畫，露易絲似乎偷偷物色了春畫等未成年不能購買的畫。

她翻開的春畫集裡，有一頁是地方官遊戲的春畫，並附上了說明的文章。

「之前布雷希洛德藩侯曾跟我說過，男人是容易厭倦的生物。」

布雷希洛德藩侯似乎告訴她若想避免男性感到厭倦，就是製造一些特殊的情境。

「那個人到底在說什麼啊……」

「說得也是。畢竟親愛的除了我們以外……哎呀，我失言了。雖然親愛的非常努力履行作為伯爵大人的義務，但在孩子出生前，還是得請他好好努力才行。」

艾莉絲有點恐怖。

雖然艾莉絲已經默認我和亞美莉大嫂的關係，但這果然還是讓她不太高興。

被漂亮地牽制了。

「最後輪到我了。」

在艾莉絲的催促下，我準備拉她的腰帶，但重新綁好腰帶的伊娜突然走到她的旁邊。

「威爾，剛才那次感覺太隨便了，重來一次……」

紅著臉拜託我的伊娜，看起來非常可愛。

「了解。嘿！」

「哎──呀──！」

儘管看在第三人的眼裡，一定會懷疑這狀況「到底哪裡有趣」，但只要我們覺得有趣又興奮就行了。

基於防範泰蕾絲來打擾這個大義名分，我們六人一起度過了一個充滿貴族氣氛的夜晚。

「唔哇。真誇張。」

「等一下，這樣女服務生太可憐了。」

隔天早上，最早起床的我和伊娜驚訝地看著亂成一團的棉被。

因為在旅行地太過興奮，我重演了在家裡讓多米妮克陷入絕望的慘劇。

哎呀，「精力回復」魔法真是罪孽深重的招式。

「威爾，我動不了了……」

「威爾大人，艾莉絲大人一直沒醒。」

在露易絲和薇爾瑪的催促下，我對包含自己在內的所有人施展治癒魔法。

「仔細想想，我好像只有這種時候會用治癒魔法。」

平常都是交給艾莉絲，而且我很少受傷，所以沒什麼機會使用。

「卡特琳娜，起來了。」

「呼啊……這也太慘了……」

雖然平常就是如此，但由於換了個新鮮的環境，因此狀況變得更加悽慘，連卡特琳娜都啞口無言。

「身為淑女，絕對不能坐視不管。」

這樣下去，等旅館的女服務生過來整理棉被時，一定會變得和多米妮克一樣。

身為一個貴族，卡特琳娜應該會覺得很丟臉吧。

「威德林先生。」

「妳好歹也學一下『洗淨』吧。」

「我不擅長那種系統的魔法。」

我覺得這實在不是能夠赤身裸體，得意地挺胸說出口的話。

據布蘭塔克先生所言，卡特琳娜似乎不擅長與生活密切相關的魔法。

「是無所謂啦。艾莉絲，起床了。」

「好的……」

我對艾莉絲施展治癒魔法並叫醒她，在用魔法「洗淨」棉被後，準備去洗個晨澡。

走出房間時遇見負責我們房間的女服務生，我給她一兩小判當小費拜託她幫忙整理房間。

我幾乎都洗乾淨了，所以她應該不會變得像多米妮克那樣。

「伯爵大人真是精力充沛呢。」

洗完澡後，我前往昨晚開宴會的房間吃早餐，而布蘭塔克先生已經在那裡吃早餐了。

瑞穗式的早餐，果然也和日本的溫泉旅館差不多。

白飯、味噌湯、烤魚、涼拌青菜、醃菜、納豆和烤海苔。

每一道都令人懷念。

「（瑞穗伯國真是太棒了！）」

我立刻將飯盛進碗裡，開始享用。

雖然在南部也能經常吃到米，但味道遠遠比不上這裡。

瑞穗伯國所在的秋津大盆地夏熱冬寒，溫差非常大。

換句話說就是四季分明，這能讓米變好吃。

這裡的水乾淨又好喝，符合種出好米的條件。

「真希望能用大一點的碗來裝！」

幾乎與我們同時進房的導師盛了一大碗飯，大口扒進嘴裡。

他的食慾還是一樣誇張。

「因為晚上搞得很盛大，所以泰蕾絲大人沒去打擾吧？」

布蘭塔克先生說得沒錯。

想加入那樣的狀況，需要相當的覺悟與經驗，泰蕾絲具備前者，但缺乏後者。

是因為覺得遺憾嗎？

泰蕾絲一進入房間，就老老實實地坐在我隔壁開始用餐。

「明明年紀比本宮小，卻幹得不錯嘛。」

「這是鮑麥斯特伯爵後宮傳說的開始。」

「講是這樣講，人數其實不多嘛。」

雖然性感但沒有經驗的泰蕾絲不服輸地說道。

即使如此，泰蕾絲並沒有說錯，五名妻子對貴族來說，根本不算後宮。

據說至少要有兩位數的妻子才算數。

「威德林大人還年輕，現在有五個人就夠了吧。」

「像威德林大人這種身分的人，至少要再多五個人。」

「到時候王國會幫忙找。這和泰蕾絲大人沒有關係。」

「艾莉絲大人，您意外地壞心眼呢。」

吃完早餐後，我們一做好出發準備，就再次搭馬車前往菲利浦公爵領地。

「菲利浦公爵大人，我們會準備好軍隊等您。」

在瑞穗上級伯爵的目送下，馬車前往北方。

穿過秋津盆地北方的山路後，馬上就進入菲利浦公爵領地。

從地理位置來看，應該不用再擔心被紐倫貝爾格公爵追擊了。

「這裡也不行啊……」

我試著用「飛翔」魔法稍微浮在空中，但馬上就因為劇烈的頭痛中止。

居然連北部地區都有效，看來應該能認為整個帝國都受到了妨礙裝置的影響。

「不過紐倫貝爾格公爵到底是怎麼得到那個裝置的啊？」

「應該是來自未被發現的地下遺跡吧。」

既然我們都有找到，那帝國這邊不可能沒有那種遺跡。

畢竟古代魔法文明可是曾在整個大陸繁榮過。

「菲利浦公爵的地位真是沉重……」

泰蕾絲邊說邊靠在我肩膀上，但我什麼也沒說。

正面的艾柏似乎欲言又止，大概是認為若插嘴會惹泰蕾絲不高興吧。

他靜靜地瞪著我。

因為他是泰蕾絲的第一忠犬。

「要是有值得依靠的男性，本宮的負擔也會比較少。」

雖然表情憂鬱地靠在我肩膀上的泰蕾絲非常性感，但我還是馬上被拉回現實。

因為坐在我另一邊的艾莉絲將我拉了過去。

「艾莉絲大人，這樣太殘忍了吧。現在明明是為重責大任所苦的本宮展現憂鬱的一面，吸引威德林的重要時刻。」

「那種露骨的表現根本不能信任。更重要的是，威德林大人是我們的丈夫。」

艾莉絲一開口，露易絲就擠到我和泰蕾絲之間，薇爾瑪也坐到我的腿上。

原本坐在我後面的伊娜和卡特琳娜也嚴密地守在我背後。

「泰蕾絲大人，請您隨意從帝國的貴族們當中挑選對象吧。」

「狐狸精實在令人不敢恭維。」

「年齡根本就不相稱。」

「對別人的東西出手實在令人難以認同。」

自從泰蕾絲出現後，艾莉絲她們的防守就變得特別嚴密。

再加上擁有魔法師素質的人只要和我發生過關係、魔力就可能增加這個祕密，讓她們更不想讓女性靠近我。

「防守得真是嚴密……」

艾莉絲毫不掩飾的牽制，讓泰蕾絲露出遺憾的表情。

艾柏見狀，則是顯得鬆了口氣。

「（不過在我這麼慘的時候……）」

布蘭塔克先生在駕駛座負責警戒；導師因為一早洗完澡就吃了大量早餐而張著眼睛呼呼大睡；至於艾爾，居然正在開心地與遙閒聊。

「（雖然無法抱怨，但總覺得很沒天理……）」

艾爾一直和泰蕾絲的家臣們輪流透過馬車的窗戶警戒周圍，現在是他的休息時間，所以也無法責備他。

「南方的魔之森嗎？真想去一次看看。」

「等這場戰爭結束後，我再招待妳去。那裡有許多南國的水果。」

「我最喜歡甜食了。」

「也能採到巧克力的材料喔。」

「我有從食材店的大叔那裡聽說過『巧克力』這種點心的傳聞。」

「我分妳一點吧。」

「真的嗎？謝謝你。」

「（咦？艾爾那邊感覺似乎非常順利？）」

在泰蕾絲與艾莉絲等人持續對立的期間，馬車花費約半天的時間，順利抵達了菲利浦公爵領地。

第三話　不情願地參戰

離開瑞穗伯國後，馬車平安進入菲利浦公爵領地。

位於大陸最北部的菲利浦公爵領地現在是寒冷的冬天，廣大的田地仍被積雪覆蓋，但幸好不妨礙馬車通行。

馬車順利抵達領主館所在的中心都市菲林的近郊。

「好大一片的田喔。」

「即使在北部地區，菲利浦公爵領地也算是大農業地帶。」

這裡主要栽培的作物是小麥、大麥、黑麥和馬鈴薯，另外也能用甜菜精製出砂糖。

應該是一年種植兩種不同的作物吧。

即使正處寒冬，田裡依然有種作物。

「和南方的甘蔗相比，甜菜的效率原本就比較差，一般都是大規模栽培。」

看來這裡的品種改良並不像地球那麼進步，因為含糖量低，所以必須大規模栽培。

即使如此，考慮距離因素，這樣還是比進口便宜，利用甜菜的製糖業也成為菲利浦公爵領地的重要產業。

「再來就是漁業和畜牧業也很興盛。」

「有經營畜牧業嗎？」

「畢竟雖然土地很多，但氣候寒冷。」

經過蘭族長年不斷的努力，菲利浦公爵領地幾乎不存在魔物的領域。

所以才有辦法經營畜牧業。

在其他土地，藉由畜牧取得的牛、豬、雞肉可是高級品。

雖然因為擁有大量土地而盛行農業，但北部地區有些土地一入冬就會變得極為寒冷，所以他們會在那裡放牧名叫「毛豬」的大型豬。

「毛豬是和一般豬很像的家畜。我們會用榨過的甜菜渣餵養牠們。」

牠們體型大、耐寒、繁殖力旺盛，又不挑食，所以經常被拿來放牧。

根據泰蕾絲的說明，對菲利浦公爵領地的人民來說，「毛豬」肉是非常普遍的食材。

在加工成培根或香腸提高保存性後，也被當成外銷的產品。

「除此之外，也盛行培育載貨馬車用的馬與軍馬。」

「意思是軍事方面和經濟方面都很強盛嗎？」

「本宮好歹被視為選帝侯中實力最強的一個。」

此外領地內有許多礦山，因此也有發展工業。

的確，愈看愈覺得菲林是個不輸布雷希柏格的大城市。

「若只看經濟規模與兵力，可是還贏過紐倫貝爾格公爵領地呢。雖然雙方的差距不大。」

儘管向帝國稱臣，支配階層的血統也不像以前那麼純正，但身為北方霸者的蘭族獨立心非常旺盛。

從支配這裡的菲利浦公爵家當家必須擁有褐色肌膚這點，就能看出這裡在帝國北部也算是相當特殊的地區。

「畢竟隔壁就是瑞穗伯國。」

泰蕾絲笑著說明，此時馬車已經進入菲林，前往領主館。

抵達宛如城寨的領主館後，裡面跑出兩名年輕男子，一個看似近三十歲，一個約二十五歲。

「領主大人，您平安無事嗎？」

「真是讓人鬆了一口氣。」

「只是走了賊運而已。比起這個，本宮帶了客人來。」

在兩名年輕男子的安排下，我們被安頓到某個房間，一起進房間的泰蕾絲偷偷告訴我們：

「他們就是本宮的哥哥。」

「那還真是複雜。」

「是啊。誰知道他們心裡在想什麼？」

雖然看起來很能幹，但兩人都因為擁有白皮膚而無法繼承公爵之位。

他們心裡的感情應該很複雜吧。

「那麼，本宮必須去召集士兵了。另外還必須寫信給北方諸侯集結軍隊。很遺憾暫時將見不到威德林了。」

儘管泰蕾絲或許覺得很遺憾，但這對我們來說正好。

我打算趁這段期間搭船逃離菲利浦公爵領地。

於是我們現在正假借散步的名義，探索這個叫菲林的城市。

「威爾，你不是想找船嗎？那應該去港灣都市吧？」

「不，還是先去找大商人交涉比較好。」

「鮑麥斯特伯爵大人說得沒錯。」

「遙小姐，這是為什麼？」

「港灣都市的漁船大多是小型船，很難航行到赫爾穆特王國的領地。選擇搭乘大商人的大型船會容易許多。」

「原來如此。」

遙現在變成我們專屬的護衛。一來是泰蕾絲回到自己的領地後就不需要瑞穗人的護衛，二來是瑞穗伯國也有他們自己的想法。站在瑞穗伯國這個半獨立國的立場，和鮑麥斯特伯爵家與其背後的赫爾穆特王國打好關係可說是有益無害。

因此遙也願意協助我們的脫逃計畫。

「我打算多付一點錢，交涉時也只要求他們載我們到赫爾穆特王國的領土就好。」

然而交涉並不順利。

不論拜託哪位大商人，他們都不願意出船。

「不好意思，我們這裡的船員都沒去過赫爾穆特王國……」

「因為內亂，物資的輸送計畫都受到了影響。這種時候每艘大型船都很珍貴。而且還要考慮船可能會被菲利浦公爵家租走……」

「由於西部和東部的政情不穩，地方的商人們都想囤積物資。在訂單增加後，目前根本就空不出船。」

被所有的大商人拒絕後，我包大型船回王國的計畫也宣告失敗。

「該不會泰蕾絲大人私下動了什麼手腳吧？」

「她才剛回領地，應該不可能吧。」

再怎麼說，這應該都只是伊娜太多疑了。

單純只是消息靈通的大商人轉移到戰時體制而已。

「這麼一來，只能直接去港灣都市交涉了吧？」

「說得也是。畢竟又不是要他們幫忙載大量貨物，去當地與擁有中型船的大漁夫交涉或許會有機會。」

「原來如此。」

看來瑞穗上級伯爵果然是命令遙優先協助我們。

她提供了對我們有利的建議。

「那快點離開菲利浦公爵領地北上吧。」

要去港灣都市，必須搭馬車離開菲林繼續北上。

得趕緊去和泰蕾絲打個招呼，盡快出發才行。

「要回去嗎？」

「我說啊，導師。現在帝國正處於內亂，也就是戰爭狀態。即使要為了王國的利益提供協助，當務之急也是先回國重整態勢。」

雖然我們當中只有導師想留下來，但身為長輩的布蘭塔克先生出言勸誡了他。即使同情泰蕾絲，剛新婚的布蘭塔克先生還是不想魯莽行事吧。

「嗯唔唔……那就沒辦法了。」

在討論的期間，我們自然而然地遠離了菲林的市中心。

然後我們發現一棟高聳的建築物。

「是教會呢。咦？可是……」

菲利浦公爵領地的教會，應該是建在市中心才對。

「親愛的，這是正教徒派的教會。」

「這樣啊。」

雖然帝國的國教是新教徒派，但正教徒派的影響力也不小。

即使建在郊區，外觀看起來還是很豪華。

「要去看看嗎？」

「說得也是。或許能獲得什麼情報也不一定……」

「啊！艾莉絲大人！」

艾莉絲才剛準備打開教會的門，裡面就有個穿著修道服的少女搶先開門走了出來。而且那位少女還認識艾莉絲。

沒想到在位於遙遠北方的菲利浦公爵領地，會有艾莉絲認識的人。

「優法小姐？」

「艾莉絲大人，好久不見了。」

與艾莉絲認識的少女，似乎叫優法。

她的身高只比露易絲高一點，是個身材纖細到像小鹿的少女。優法身穿長度及膝的修道服，腳上穿著長得像運動鞋、便於奔跑的短靴。

焦褐色的短髮，只有一撮頭髮像天線般豎了起來。

「哎呀，我一直在找從帝都的政變逃出來的王國貴族。即使是我這個『疾風的優法』，也費了一番工夫呢。」

「妳是魔法師嗎？」

「您就是鮑麥斯特伯爵大人吧。我是隸屬教會的優法。特技是『快速』魔法。雖然我也只會用這個……」

「『快速』？不過移動系統的魔法應該……」

「我的能力不會被那個不可思議的裝置妨礙。」

優法唯一會使用的「快速」是聖魔法的一種。利用這個法術將身體的肌力強化到極限後，就能以超越馬車的速度持續奔跑。在這段期間，被過度使用的肌肉產生的損傷也會被同時修復，因此能高速跑上快一整天。

「一天跑一千公里也不是難事。」

原來如此，難怪她能比我們早到菲利浦公爵領地。

而且不用特別說明，也能知道她是怎麼抵達帝國。

正教徒派利用教會，在琳蓋亞大陸各地建構了自己的網路。

如果是教會，應該能輕易送幾名密探跨越吉干特裂縫吧。

即使在帝國內移動，神官也不容易被盤查。

就算不是國教，正教徒派的人口還是占帝國的三成。輕率與他們敵對絕對不會有好下場。

「即使如此，我平常移動和聯絡時還是很謹慎。因為現在是這種情況，而且警戒也比較薄弱，所以我才加快腳步。根據教會的情報，雖然抵達帝都的親善訪問團都陷入了絕望的狀況，但只有菲利浦公爵大人很可能已經成功逃脫，考慮到或許有人跟她一起逃離，我就先繞過來這裡了。」

然後我們就在這時候出現。

「鮑麥斯特伯爵大人一行人、導師大人和布蘭塔克大人嗎？霍恩海姆樞機主教也說結果應該會和陛下預測的一樣。」

看來這位叫優法的少女，是霍恩海姆樞機主教遵照陛下的命令派來的。

「那陛下有說什麼嗎？」

身為陛下死黨的導師，向前詢問優法。

「因為密函可能會被搶走，所以只能口頭傳達。內容是『盡可能讓局勢變得對赫爾穆特王國有利』。」

「換句話說……」

「另外還有給鮑麥斯特伯爵大人的補充事項。『因為領地開發得很順利，所以即使延遲一兩年也沒關係。比起這點，希望您能在發生劇變的帝國好好表現』……啊，我還得回去通報鮑麥斯特伯爵大人一行人平安無事，必須盡快趕回王國。那麼我先告退了！」

「喂！」

雖然我還想打探更多詳情，但優法已經像超特快電車般跑走了。

「真快呢……」

儘管優法只專精快速奔跑的魔法，那速度還是快到讓露易絲感到佩服。

「鮑麥斯特伯爵，這樣就沒辦法了。」

導師明明就很開心能為陛下派上用場……
不過也不能違抗陛下的命令，因此為了做出成果，我們被迫參加帝國的內亂。
「喔喔！你們願意協助本宮嗎？」
「正確來講，是因為大人世界種種無奈的理由。」
「就結果而言，還是會幫上本宮的忙。不管再怎麼說，威德林還是很溫柔呢。」
「若王國貴族以公家身分參加帝國的內亂，會產生許多問題。所以能請您將舅舅與威德林大人當成傭兵對待嗎？」
「艾莉絲大人，這當然是沒問題。不過既然威德林願意提供協助，現在不是應該讓本宮握一下他的手表達喜悅嗎？」
泰蕾絲打算走過來握我的手，但艾莉絲立刻上前阻止。
「泰蕾絲大人，現在情況應該非常緊急吧……」
就這樣，我被迫參加帝國的內亂。
盡可能讓局勢變得對赫爾穆特王國有利啊……對前上班族的我來說，這樣的應變實在太困難了。
不過既然是陛下的命令，那也沒辦法。
還是也把看準時機撤退這點列入考慮好了。導師看起來倒是非常開心。

是因為能協助泰蕾絲嗎？

還是因為繼承了阿姆斯壯家的血統，所以對戰鬥感到興奮呢？

暫時無法回到妻子身邊的布蘭塔克先生則是一臉沮喪。

儘管他也同情泰蕾絲，但心裡還是將這兩件事分得很清楚吧。

「第一目標是『索畢特大荒地』嗎？之前搭馬車時有經過吧？」

「索畢特大荒地」正如其名，是一片廣大的荒地。

儘管是帝國的直轄地，但那裡同時也是北部地區的邊界，由於若不鑿井就無法確保水源，外加零星散布著許多廢棄的礦山與礦床，因此開發一直被擱置。

「要在這裡建立據點，防止紐倫貝爾格公爵北上。哎呀，雖然被泰蕾絲任命為先遣隊的大將，不過有鮑麥斯特伯爵大人在真是幫了大忙。」

率領先遣隊的是泰蕾絲的表哥阿爾馮斯，我們的加入讓他發自內心感到高興。

泰蕾絲將與目前還沒聚集完畢的北方諸侯們一起組織主力部隊，所以會晚點出發。

我原本想留在後方觀望內亂發展的消極計畫馬上就遭遇挫折。

「如果不先保障後方的安全，泰蕾絲也無法率兵前往前線吧。」

阿爾馮斯似乎是泰蕾絲的青梅竹馬，有一段時期甚至是她的未婚夫候補人選。

他擁有奇特的魅力，即使突然用隨便的語氣和別人說話，也不會顯得討人厭。

黑色的肌膚，應該也是他被任命為大將的理由之一。

「意思是北方諸侯或族人當中可能會出現背叛者嗎？」

最可疑的就是泰蕾絲的兩個哥哥吧。感覺他們會和紐倫貝爾格公爵聯手除掉泰蕾絲。

「我的表兄弟們沒那麼愚蠢。要是真的這麼做，一定會失去人心。對蘭族來說，膚色非常重要。雖然大部分的北方諸侯應該都會派兵，但最大的問題還是補給……」

無論軍隊再怎麼精良，沒東西吃還是會餓死。

打頭陣的只有約五千人，補給幾乎都是仰賴魔法師。

我們也幫忙帶了大量物資。當務之急是在索畢特大荒地建立據點。

為了提升速度，我們也準備了許多馬匹，但如果沒有大量的水與草料，馬就會死。

這也為補給帶來龐大的負擔。

現在的帝國，因為移動與通訊魔法被之前的裝置妨礙而陷入大混亂。

即使知道長期戰會為經濟帶來龐大的損害，泰蕾絲還是得慎重地進行持久戰以避免被毀滅。

若焦急地發動短期決戰，只會便宜了紐倫貝爾格公爵。

王國的北部地區，很可能也有受到那個裝置的影響。這樣即使想趁帝國內亂時出兵，也很難確保補給。

因為吉干特裂縫的存在，如果沒有魔導飛行船根本無法替大軍進行補給。

雖然王宮裡的一些強硬派軍人應該會主張出兵，但陛下不會答應吧。

比起在吉干特裂縫的對面占領一塊土地，不如開發王國境內的未開發地還比較有賺頭。

不然兩國根本不可能持續停戰兩百年以上。給我們的命令，也只是為了讓王國能趁機獲得一點利益。

不對，應該說我希望是這樣。畢竟要我做出更進一步的政治干涉實在太困難了。

「不過沒想到鮑麥斯特伯爵大人居然不擅長騎馬。」

「因為我至今都是用魔法飛行……」

沒想到不能使用「飛翔」會這麼不方便。

在這個世界，貴族會騎馬也是常態。大部分的貴族家都會教小孩騎馬。

雖然在鮑麥斯特騎士爵家，只有科特和赫爾曼哥哥有學過。

馬是農地作業也會用到的貴重資產，預定會離開領地的三男以下的孩子根本沒機會接觸。

拜此之賜，埃里希哥哥他們必須在王都學習騎馬。

雖然我也在成為鮑麥斯特伯爵後學了一陣子，但還是騎不太好。

儘管現在勉強騎在馬上，但當然也是因為和艾莉絲一起騎。

「不過這馬的體型還真大呢。」

「這是北方特產的『道產子馬』。雖然速度不快，但力量和持久力可是掛保證的。此外雖然體型巨大，但牠們也能忍受粗食。」

「儘管體型巨大也代表摔下來會很嚴重，不過騎起來非常穩呢。」

「夫人很會騎馬呢。」

「這是因為這匹馬很溫馴，所以即使我只學過一點馬術還是能騎。」

艾莉絲謙虛地說道，但其實她也很會騎馬。

教會的志工活動有時候得前往王都周邊地區，所以必須學會騎馬。

不過居然願意為了這種理由學習，只能說艾莉絲果然是完美超人。

「趁這個機會，請艾莉絲教我騎馬好了。」

「說得也是。畢竟上級貴族必須會騎馬才行。」

一般而言，其實沒那麼容易使用移動魔法或魔導飛行船，所以平常移動時還是騎馬最方便。

不過養馬和訓練都要花錢。

尤其是能充當軍馬的馬，費用更是高上一截，所以能騎好馬也是上級貴族的證明。

就連那個所有人都公認缺乏運動神經的布雷希洛德藩侯，在好好受訓過後也學會了。

「不過身為一位男性，能坐在艾莉絲後面騎馬真的很棒。」

不用說，當然是因為屁股的觸感。

「雖然我能理解您的心情，但我覺得等鮑麥斯特伯爵大人學會騎馬後讓夫人坐在自己後面，應該會更棒喔。」

原來如此，阿爾馮斯說得沒錯。

雖然國家與民族不同，但他是個能理解男人浪漫的傑出人物。

「阿爾馮斯大人，不對，阿爾馮斯。你是個傑出的男人。」
「鮑麥斯特伯爵大人。不對，威德林。你也是能理解這種事的男人嗎？」
我和阿爾馮斯在馬上熱情地握手。
感覺就像是獲得了一輩子的好友。
「親愛的，那樣會讓您覺得高興嗎？我們明明是夫妻……」
艾莉絲害羞地問道。
她大概認為既然已經是裸裎相對過的夫妻，那就算隔著衣服感覺到屁股和胸部的觸感也沒什麼好高興的吧。
「艾莉絲，那是兩碼子事。」
這或許是男性與女性之間永遠的隔閡。
雖然艾莉絲因為無法理解而歪了一下頭，但那個樣子也非常可愛。
「其實我的妻子們也無法理解。」
阿爾馮斯是泰蕾絲的表哥兼分家的當家，所以已經有三個妻子。
既然能被任命為先遣隊的大將，那他的地位當然也不會低到哪兒去。
「我在前陣子的休假實現了夢想。」
「夢想？」
「沒錯。達成了『夢幻的三人裸體圍裙作戰』……」

他似乎讓地位崇高的分家夫人們穿著裸體圍裙做菜，然後在後面笑嘻嘻地欣賞。

儘管這樣的行為低俗得可怕，但同時也讓我發現自己遺忘了重要的事情。

「糟了！我還沒做過！」

「讓五位夫人這麼做一定更壯觀吧，威德林，你這樣太浪費了。」

「你說得沒錯！下次試試看吧。」

「我大力推薦啊。」

在阿爾馮斯的鼓勵下，我下定決心一定要嘗試。

「你不愧是我的知己啊！」

「親愛的，裸體穿圍裙到底哪裡好了？」

艾莉絲一臉困惑地向我問道。

雖然她有透過教育學會基本的男女相處之道，但和曾經跟布雷希洛德藩侯借過奇怪書籍增長見識的伊娜相比，她幾乎不具備這方面的知識。

「這樣比較容易有小孩。」

「我都不知道居然有這種方法能提升生育率。」

我並沒有說謊。

個性認真的艾莉絲，似乎因此下定決心要協助我。

「威爾，你這個人啊……」

雖然伊娜欲言又止，但她似乎正忙著學騎馬，沒空教訓我。

畢竟我們的隊伍很少有人是出身上級貴族，所以很少有人會騎馬。

艾莉絲原本就會，薇爾瑪也曾在艾德格軍務卿的援助下學過騎馬，令人意外的是，卡特琳娜也會騎馬。

她似乎是認為貴族本來就應該要會騎馬而偷偷練習過。

連練習騎馬時都是孤獨一人。

或許她其實是在我之上的孤獨高手。

「威德林先生，你該不會在想什麼失禮的事情吧？」

「才沒這種事。我只是看卡特琳娜華麗的騎馬身影看到出神了。」

「這只是最低限度的修養……威德林先生，你這樣會讓我很難為情。」

看來順利蒙混過去了。

我的客套話讓卡特琳娜羞紅了臉。

實際上她騎馬的樣子真的很好看，所以沒問題。

「薇爾瑪，伊娜的狀況如何？」

「她的運動神經很好，應該馬上就能學會。」

看來我一定會是最後一個學會騎馬的人。

不管再怎麼偏袒，我的運動神經都只有普通程度。

「喔喔！卡特琳娜的胸部碰到我的背了！威爾，跟我交換就能體驗天國喔。」

「露易絲小姐！別說這種讓人難為情的話啦！」

教露易絲騎馬的卡特琳娜，紅著臉抱怨露易絲的色老頭發言。

「在威德林的妻子中，也有理解男人浪漫的人啊。」

「阿爾馮斯先生，請別說這種多餘的話！」

卡特琳娜也對將露易絲認定為同志的阿爾馮斯抱怨。

「討厭……真是個讓人擔心的大將……」

雖然卡特琳娜這麼說，但我完全不懷疑阿爾馮斯作為大將的資質。

他確實常說蠢話，不過還是將先遣隊管理得有條不紊。

「儘管阿爾馮斯平常總是說些蠢話，但不知為何總是能將軍隊管理得很好。」

他具備奇妙的領導氣質，能讓部下樂於為他效力。

實際上先遣隊就是處於這種狀態。

所以泰蕾絲才會任命他當先遣隊的大將吧。

「不過那裡實在讓人看不下去……」

阿爾馮斯看向同騎一匹道產子馬的布蘭塔克先生和導師。

「的確是……光看就覺得很熱……」

布蘭塔克先生坐在前面握住韁繩，導師則是坐在他的後面，這樣的光景根本無法打動人心。

之所以這樣分組，是因為閱歷豐富的布蘭塔克先生雖然姑且會騎馬，但還是不太會騎軍馬，導師則是因為重到普通的馬根本載不動他，至今都沒有接受過騎馬訓練。

「即使是道產子馬，載導師還是太勉強了嗎？」

由於實質上是三人分的重量，因此兩人騎的馬速度稍微慢了一點。

「你們還真是暢所欲言啊……」

「貼在布蘭塔克大人背上的，是阿姆斯壯導師堅硬的胸膛啊。這我沒辦法。完全不能接受。應該會強烈要求換人吧。」

「阿爾馮斯大人真的跟傳聞中的一樣呢。」

阿爾馮斯說得一點都沒錯。

除非興趣特殊，否則應該不會喜歡導師那百分之百由肌肉構成的胸膛觸感吧。

「在下也在忍耐啊。」

「導師，你還真敢說啊。」

而且導師還若無其事地說出殘忍的話。

明明是因為自己不會騎馬，才得麻煩布蘭塔克先生載他。

「不過沒想到導師居然不會騎馬。」

阿姆斯壯伯爵家是軍人世家，所以正常來講應該會進行騎馬訓練。

「阿姆斯壯伯爵家的人代代都擁有巨大的身軀！雖然我們有自己培育和訓練大型馬……」

儘管有在老家受訓過，但一離開家門就很難找到大型馬繼續練習。

而且導師是魔法師，除非遇到這種情況，否則根本就不必勉強騎馬。

與其說是不會騎馬，不如說他是太久沒騎不想勉強自己，或許會比較正確。

用前世的方式來比喻，就是有駕照但缺乏上路經驗吧。

「如果是這種馬，之後可以考慮買回去。」

發現載得動自己的馬，似乎讓導師很高興。

「不過道產子馬被禁止出口。由於身軀龐大，因此不擅長應對悶熱的環境。」

「嗯———真是遺憾。」

得知無法在王國騎道產子馬，讓導師感到非常遺憾。

「我家也是貧窮貴族……」

「請別勉強拉轠繩。」

「將自己託付給馬的感覺？」

「就是這樣。」

雖然艾爾跟我一樣是貧窮貴族的五男，但他曾經跟崔斯坦他們學過馬術，所以應該很會騎馬才對……現在假裝不太會騎馬比較有利嗎？

因為這樣能和遙一起騎馬……

遙的老家狀況應該和我與艾爾一樣，但被提拔為拔刀隊的她曾接受過正式訓練。

於是艾爾和她騎同一匹馬接受訓練。

「你騎得不錯呢。」

「呃，但我還是有點不安……」

「這部分就只能靠習慣了。」

認真的遙用心地教艾爾騎馬，他也認真接受她的指導。

不過我發現一件事。

導師、布蘭塔克先生和阿爾馮斯應該也有注意到，遙因為教得太認真而將身體靠在艾爾背上，這讓艾爾心裡樂不可支。

「（主要是因為胸部吧……）」

「（應該是。）」

「（伯爵大人，難道還有其他可能嗎？）」

「（這是自己送上門的設定。遙小姐這樣能加很多分呢……）」

男人想的事情都差不多，我們同時小聲說出相同的事情。

「真是的。敵人也很拚命呢……」

菲利浦公爵家諸侯軍的先遣隊抵達索畢特大荒地三天後，我們在南側進行土木工程時，發現紐倫貝爾格公爵家軍的偵察隊出現在遠方。

雖然敵軍總算現身，但我們正忙著進行土木工程。

我在鮑麥斯特伯爵領地時是負責土木工程，現在則是忙著打造迎接泰蕾絲率領的主力部隊用的野戰陣地。

不管在王國或帝國，我都是在做土木工程呢。雖然這總比戰爭好。

「鮑麥斯特伯爵大人。敵兵就交給我們的人收拾，請您放心地繼續施工。」

「這我倒是不擔心。」

這三天我每天都忙著進行土木工程，但作業本身非常順利。

不過即使製作野戰陣地，對經濟也不會有幫助……

戰爭真是浪費資源。受到內亂的影響，北部與南部的人都被限制移動，這個野戰陣地也同時被當成檢查所使用。

雖然帝國內的南北流通也被截斷，但這並不是我的錯，所以也無可奈何。

儘管敵人的偵察隊會定期來觀察我們的工程狀況，但也馬上就會被驅除。

因為……

「有我瑞穗伯國引以為傲的拔刀隊在。」

幾名瑞穗伯國的精銳拔刀隊，對偶爾會來索畢特大荒地打探敵情的敵軍偵察隊發動攻擊。

雖然敵兵會使用劍或盾牌防禦，但拔刀隊裝備的魔刀還是將那些裝備連同敵兵的身體一同斬斷了。

之後只剩下幾具被分屍的屍體。
斬殺他們的拔刀隊隊員們，在回收完屍體和馬匹後返回。
「這是第幾次了？」
「主公大人，是第五次。」
「真煩人。記得每次都要收拾掉。」
「遵命。」
拔刀隊的成員們向瑞穗上級伯爵報告完畢後，就留下馬和屍體，再次隱身等待敵人。
紐倫貝爾格公爵家軍的偵察隊，都是突然被消除氣息的敵人用魔刀攻擊，死在連鋼劍和盾牌都無法抵擋的斬擊之下。
雖然這個魔刀似乎有非常消耗資源和不容易維護等缺點，但從過去的歷史就能看出其威力有多強大。
他們本身也都是跨越過嚴格的選拔與訓練的菁英，我總算實際體會到為何帝國人會害怕瑞穗伯國的士兵了。
「儘管我方的兵力已經隨著援軍的到來增加，但敵人的先遣隊究竟何時才會現身呢。他們應該也想搶下這裡吧。」
在我們的奮鬥下，野戰陣地宛如「墨俣一夜城（註：指織田信長進攻美濃時，豐臣秀吉在極短的時間內建好了墨俣城的傳說事蹟）」般順利成形。

防衛戰力也在泰蕾絲追加的士兵和瑞穗上級伯爵親自率領的一萬名士兵抵達後變得更強。

除了一部分的北方諸侯以外，大部分的人都明確表示會支持我方，也有貴族已經派了諸侯軍過來。

東部和西部的諸侯，以及大多數在北部地區有領地的貴族也都加入了我們。

「唉，貴族就跟狗一樣，需要飼料和地盤。」

我、布蘭塔克先生和卡特琳娜建設野戰陣地時，來視察的阿爾馮斯辛辣地說道。

「阿爾馮斯先生，用狗來比喻也太誇張了吧……」

「卡特琳娜大人，雖然不太好聽，但實際上就是如此。」

儘管對貴族非常執著的卡特琳娜可能無法接受，但這就是現實。

「紐倫貝爾格公爵發動叛亂後，帝國南部與中央幾乎全都淪陷了。唉，畢竟就算獨力反抗也只會被擊潰，所以只能對新老大搖尾乞憐。在北部地區與鄰近地區擁有領地的貴族們，幾乎都選擇跟隨泰蕾絲。這邊也一樣，即使反抗也只會被群起圍攻。等彼此的地盤都穩固後，很可能就會在這個索畢特大荒地附近開戰。」

就是為了替那場戰鬥做準備，我們才會努力建造防禦用的野戰陣地。

雖然我們被當成傭兵，但能不戰鬥當然是最好。

根據我的評估，這場內亂果然還是紐倫貝爾格公爵那邊比較有利。

事前的準備，讓他獲得了大部分帝國軍的支持，在被他鎮壓的南部與中央地區，蘭族和瑞穗人不僅被沒收資產，甚至還被送到了收容所。

因為政變發生在新皇帝剛即位後，帝都也有許多貴族被當成人質。

其中又屬選帝侯家的狀況特別嚴峻。

雖然也有態度不明的貴族家，但當家被當成人質的貴族家幾乎都選擇跟隨紐倫貝爾格公爵。

「他們應該不會不惜犧牲當家也要加入我們吧。」

「說得也是。」

之所以能獲得這些情報，全都是多虧了守候在同樣來視察工程狀況的瑞穗上級伯爵後面的那位穿得一身黑的男子。

儘管臉被頭巾包住，還是能看出他的年齡約三十歲。

他正是代代繼承「半藏」之名的瑞穗伯國諜報機關的首長。

外表看起來就跟經常出現在時代劇裡的忍者一模一樣。

「令人困擾的是因為通訊和移動遭到妨礙，所以情報的傳遞速度也大幅下降。」

「雖然對方的情況也一樣……但真的很麻煩呢。」

紐倫貝爾格公爵利用這點，擊潰了因為無法聯絡當家而陷入混亂的中央與其他選帝侯家。

其中也有只因為當家不在就混亂到無法行動的貴族家，所以這點實質上對反叛軍有利。

聽完半藏先生的報告後，阿爾馮斯嘆了口氣。

「半藏先生，你們是怎麼取得這些關於帝都的情報？」

「當然是靠馬和自己的雙腿。為了預防這種情況，我等『草』之眾從平常就在進行準備。」

他們似乎是靠快馬與雙腿在敵地收集情報。

雖然兩邊的狀況一樣，但麻煩的是這樣不管做什麼都很花時間。

「因為鮑麥斯特伯爵大人的『瞬間移動』和『飛翔』都被封住了啊。」

即使想逃回去也得先尋找交通工具，真是令人困擾。

「不過您的其他魔法還是遠比敵人還要厲害。畢竟您只花三天就完成了野戰防衛陣地的基礎工程。」

能用來加強防守的野戰陣地進展順利，似乎讓阿爾馮斯非常開心。

儘管我沒特別說出口，但這場內亂或許會陷入膠著狀態。

由於菲利浦公爵家和瑞穗伯國聯手，可以看出兩邊勢力正處於均衡狀態。

赫爾穆特王國只要能支援泰蕾絲勢力，同時防止紐倫貝爾格公爵勢力擴張就行了。這麼一來與北方的交易應該也會變活絡。若關鍵的妨礙裝置繼續運作下去，紐倫貝爾格公爵應該也會很困擾，所以也能透過交涉的手段讓他停止裝置。不過這就是王國偉大的外務卿的工作了。

等兩邊勢力陷入膠著狀態後，我們應該就能返回鮑麥斯特伯爵領地。

「真擔心領地的狀況……」

「別這麼說嘛。我們不是也因此允許你們自由搜刮廢棄礦山了嗎？」

坦白講我們雖然成了傭兵，但並不期待報酬。

因為開戰後，菲利浦公爵家的財政狀況應該會變得愈來愈差。

他們也有可能中途放棄戰鬥，所以為了盡可能減少損失，我向阿爾馮斯取得了搜刮索畢特大荒地周邊的廢棄礦山的許可。

若找到有用的礦物，就用「萃取」回收。由於也能順便取得野戰陣地需要的石材，因此阿爾馮斯立刻就答應了。

既然是廢礦，有用的礦物自然很少，不過只要每天盡可能蒐集這些東西和使用其他魔法，魔力量也能跟著提升。

與帝國的內亂無關，我每天都會毫不懈怠地鍛鍊魔法。

「嗯！露易絲姑娘也變強了呢。」

「我覺得一對三還能壓制我們的導師比較厲害……」

「因為魔力增加而增長的自信都消失了……」

「導師實在太強了……」

在我們拚命想辦法逃跑的期間，導師開心地同時與魔力增加的露易絲、伊娜和薇爾瑪三人進行實戰形式的訓練。

不論是露易絲的拳頭、伊娜的長槍還是薇爾瑪的巨斧。

即使打得中導師，也全都會被導師堅固的「魔法障壁」彈開。

「若被擊中太多次，『魔法障壁』可能會被打破。」

「雖然我的手會很麻……」

「儘管只是練習用的裝備，但我的槍都壞了。」

「我的巨斧也一樣……」

明明我的妻子們的魔力都因為特殊原因增強了，但導師仍強到能輕易應付她們。

「鮑麥斯特伯爵，馬上就要開戰了！」

「是這樣嗎？」

在我們當中，只有導師因為即將開戰而沉浸在興奮感中。

並不是因為他真的是戰爭中毒者……呃，導師算是戰爭中毒者嗎？

如果他單純只是喜歡戰鬥的肌肉笨蛋倒還好，但麻煩的是身為陛下好友的他，背後其實是想為了王國的利益努力。

若不做出一定的成果，他絕對不會接受從帝國撤退的提議。

「不愧是被稱為赫爾穆特王國最終兵器的人物。」

「就是說啊。」

瑞穗上級伯爵和阿爾馮斯都對導師的戰鬥力讚不絕口，但兩人心裡的想法其實大相徑庭。

瑞穗上級伯爵的領地原本就是半獨立國，所以在最壞的情況下，只要和王國聯手確保本國的安全就好。

王國對遙遠的瑞穗伯國領土也沒有任何野心。為了防範紐倫貝爾格公爵的擴張，應該願意以相當優渥的條件和他們締結同盟。
對明白這點的阿爾馮斯來說，這絕對不是什麼有趣的事情。
「最初的戰鬥絕對會在近期爆發，期待看見導師大人的活躍。」
「阿爾馮斯大人，放心交給在下吧！」
導師也不是笨蛋，只是平常懶得動腦而已。
他知道在這場內亂中協助菲利浦公爵家，對王國最有利。
目標是打擊目前勢力龐大的反叛軍，至少也要讓兩派的力量變得勢均力敵。
擁有危險思想的紐倫貝爾格公爵不可能和王國聯手，所以王國才想與菲利浦公爵家合作，分別從南北向紐倫貝爾格公爵施壓。
當然阿爾馮斯和導師都理解這點，所以我們才很難找到撤退的時機。
因為這樣陛下和導師是好友這件事就成了阻礙。
「卡特琳娜姑娘，請妳再用魔法削一下這塊石材。」
「真難調整……」
「鮑麥斯特伯爵就做得很好喔。」
「威德林先生比較早練習，所以我還得花上好一段時間才能在魔法的精密度上贏過他。」
「妳打算超越他啊。」
「嗯，這是當然。」

「那真是太好了。」

布蘭塔克先生和卡特琳娜則是乾脆將這次參戰當成魔法訓練來看。

兩人很少加入對話，專心進行土木工程。

「那麼，今天就先做到這裡吧。」

我們在傍晚結束工程，返回自己的家。

雖然是自己切割石材臨時蓋出來的家，但成品還不錯，至於內部則是交給卡特琳娜打理，順便當作魔法練習，因為我們還拿出自己帶的魔法道具放在室內，所以生活還算舒適。

艾莉絲她們會輪流做菜，所以這方面也不成問題。

「艾莉絲大人，我的份也拜託您了。」

不知為何，阿爾馮斯也坐在我們的餐桌等著吃飯。

「吾友啊，為什麼你會在我家？」

「單純是因為吃膩了。」

「吃膩了？」

「因為每天吃的東西都一樣啊。」

在菲利浦公爵家的家訓中，似乎有一條是戰時大家都得吃一樣的東西。

我們算是傭兵，而且從食材、調味料到廚師都是自己準備所以沒關係，但阿爾馮斯就沒辦法這樣了。

「黑麥麵包、蒸馬鈴薯、酸菜，以及加了培根或香腸的蔬菜湯。再來就是沒輪班時可以喝的一杯阿夸維特。連三天都吃一樣的東西，一定會膩吧。」

「瑞穗伯國呢？」

「那邊比較特別。」

他們會自己煮飯，也會正常地拿出醃菜、酸梅、味噌湯、魚和肉。

雖然不管怎麼看都是日本料理，但看來運輸食材對擅長製作魔法道具的瑞穗伯國來說，似乎不是什麼大問題。

「去那裡可以吃到特別又好吃的東西喔。」

「儘管我也很想去吃，但麻煩的是只要我一去瑞穗伯國的陣地，就會被當成親善訪問。」

所以才跑來我們這裡啊。

不過瑞穗伯國的軍隊伙食啊……

去吃一次看看吧。

「所以才跑來我們這裡吃飯啊。」

阿爾馮斯若無其事地坐在導師和布蘭塔克先生中間，開始吃艾莉絲做的燉菜。

「吾友的妻子們都很會做菜呢。」

「因為我們也有在當冒險者，如果不會自炊會很辛苦。」

「原來如此。你就是像這樣迴避我的主人啊。」

怎麼可能只有這個原因。

即使娶其他國家的公爵大人，也只會給自己添麻煩。

「阿爾馮斯娶她不就好了？」

他既是泰蕾絲的表哥又擁有實力，應該夠資格當她的夫婿。若他們兩人一起統治菲利浦公爵領地，應該能建立萬全的體制吧。

「我和泰蕾絲是感情很好的青梅竹馬，但不是那種關係。」

「反正是貴族的婚姻，這樣就夠了吧？」

「不……從現在的狀況來看，戰後的負擔應該也會很大……」

根據阿爾馮斯的預測，若能在內戰中取勝，泰蕾絲應該會成為下任皇帝，到時候宮廷內應該會因為叛亂而變得亂七八糟，所以他也必須去皇宮任官才行。

「雖然麻煩，但總不能讓新政權也垮臺。等泰蕾絲繼承皇位，她的姪子當上新菲利浦公爵後，還得有人幫忙監護。雖然他們的父親都還在，但因為膚色的關係，如果沒有我幫忙，菲利浦公爵的政治也無法順利運作。」

「吾友，你真辛苦呢。」

「這麼一來，我的樂趣就只剩下讓女僕的裙子變短了吧？話說怎麼沒看見艾爾文。」

「喔，艾爾啊……」

其實他正在向遙學習劍術。

喜歡劍又有錢的艾爾，似乎因為難得有機會將瑞穗刀納入收藏而跑去找遙商量……

「刀和劍是完全不同的東西。如果買回來後不用，那刀實在太可憐了。」

由於帝國也有人將瑞穗刀當成美術品收集，因此明明只要隨便介紹間刀店給艾爾就行了，但遙就是個會認真說出這種話的少女。

她平常也專心貫徹護衛的職責，即使艾莉絲她們邀她一起喝茶，也會被她以「正在執行任務」為理由回絕，是個非常認真的人。

即使如此，只要我邀她時強調這是命令，她還是會一臉幸福地享用甜食。

看來女孩子果然都喜歡甜食。

「那我就來學刀術吧。」

於是艾爾只要一有空，就會去瑞穗伯國的陣地學習刀術。

據瑞穗上級伯爵所言，他似乎很有天分。

「他的目標是遙小姐嗎？還是為了學習刀術？」

「兩者都有吧。」

艾爾喜歡美少女，但也喜歡刀劍。

雖然我也想要刀，但不認為自己有辦法活用。

「那你覺得他們有機會嗎？」

「好像有又好像沒有……」

家世方面應該沒有問題，麻煩的是遙的個性太認真，所以完全看不出她對艾爾有什麼想法。

另一個問題則是出在遙的哥哥身上。

「遙的哥哥也是拔刀隊的成員。」

他不僅是家族的繼承人，還是個比遙優秀的劍士。

而且他還異常地疼愛遙。

因為妹妹是奉主命擔任我們的護衛，所以無法抱怨，但他似乎對艾爾一有空就會向遙搭話這點頗有微詞。

拜此之賜，那位哥哥每天都會嚴格地鍛鍊艾爾。

「換句話說，只要戰勝那位哥哥就沒問題了。」

個性原本就有點不服輸的艾爾，似乎將那位哥哥當成必須打倒的最終頭目。

「不愧是拔刀隊！」

「這個男人比想像中還強……」

不論是劍或刀，在實戰中都是用來砍人。

艾爾比想像中還強這點，也讓遙的哥哥產生了危機感。

「艾爾正在享受青春啊。」

「吾友啊，你在這方面還真是現實呢……」

「因為如果換成我就不會變成那樣。我對武藝一竅不通，也不擅長應付軍隊那一套。」

為了喜歡的女孩和她的哥哥比拚劍術，這種事我連想都不曾想過。如果辛苦過後順利獲勝，或是即使敗北依然獲得對方的承認，那也是美事一樁，但我和阿爾馮斯都做不來這種事。

儘管是個優秀的指揮官，但阿爾馮斯的劍術水準和我差不多。

「先不管艾爾那小子，那些傢伙差不多快到了吧？」

布蘭塔克先生向阿爾馮斯問道。

「再過幾天就來了吧。」

至於那些傢伙，當然是指前來攻打這裡的紐倫貝爾格公爵的軍隊。

「計算過這裡與帝都巴迪修的距離和行軍速度後，我想也差不多是這樣。」

「不愧是布蘭塔克大人。」

居然有辦法計算行軍速度，布蘭塔克先生真是經驗豐富。

「就算被你誇獎我也不會感到高興。」

「因為剛新婚嗎？」

「幾乎沒有人會喜歡戰爭吧。」

「說得也是……不過幸好最後有聊到這個話題。這樣我就有來這裡的藉口了。請再給我一份燉菜。」

儘管對阿爾馮斯的厚臉皮感到傻眼，伊娜還是替他盛了一碗燉菜。

雖然最後變成有點憂鬱的話題，但阿爾馮斯回去後，也差不多到了就寢的時間，於是我前往寢室。

在野戰陣地內自己堆積石材打造這個家時，我們有仔細地將隙縫填滿，不讓外面的寒冷空氣進來，所以非常暖和。

不過由於無法蓋太多房間，因此基本上只有兩間寢室。

「男生房和女生房啊……」

「雖然身為貴族，鮑麥斯特伯爵必須努力留下子嗣……」

現在是戰時，還是先算了吧。

我也沒興趣在導師和布蘭塔克先生聽得見的情況下和別人親熱。

「我回來了。」

「艾爾，你又去訓練啦？」

「除此之外，我還訂了刀。」

艾爾和遙會輪流與其他士兵護衛這間房子。

今天是輪到遙，所以艾爾似乎去訂做自己用的刀子。

「所以你想要鐵砂啊。」

在瑞穗伯國軍中，有十幾名隨軍的刀匠。

他們會打造新的戰鬥用瑞穗刀，也會細心地維護。
尤其魔刀需要的特殊維護又特別麻煩，因此專用的魔法道具工匠每天都很忙。
「不過高品質的刀，只有在瑞穗伯國買得到。」
至於戰場用的刀，只要在這裡鍛造就夠了。
「你無法取得魔刀嗎？」
「那個維護起來很麻煩，而且光聽價格就嚇死人了。」
聽說即使戰利品內有魔刀，若沒有經過特殊維護，過幾個星期就會變得無法使用。
而且魔刀的維護還是不外傳的技術。
外加又是魔法道具，所以價格也非常驚人。
「只要艾爾小子娶遙當老婆，就能獲得魔刀了吧？」
「不，應該還是沒辦法吧？」
艾爾說得沒錯，應該沒那麼容易取得吧。
畢竟瑞穗伯國就是靠那項技術維持軍事上的優勢。
「你有打算娶遙嗎？」
「聽說遙小姐沒有未婚夫。」
基於過去的教訓，這次艾爾似乎有先打聽清楚。
「只要學會刀術，打倒遙小姐的哥哥……」

雖然不曉得事情有沒有那麼簡單，但艾爾比我還有劍術天分，所以應該沒問題吧。

「哈哈哈哈！這次我一定要讓我的戀情實現！」

「說這種話反而會讓人有不好的預感。」

「導師，你別烏鴉嘴啦。不過這次絕對不會發生那種事。」

聊完天後，我們上床就寢，但此時發生了一個大問題。

「唔喔——！哼！看在下折斷你的脖子！」

「喀嘰喀嘰喀嘰嘰嘰！」

「吵死人了……」

「是啊。」

身為一個剛新婚的男人，其實我很想和妻子們一起睡，但遙也睡在女生房間所以沒辦法，而且導師會邊打呼邊說危險的夢話，再加上布蘭塔克先生的磨牙聲，實在是吵死人了。

一起睡的這三天，一直都是這樣，第一天時我還以為他們只是因為來到不習慣的地方，但如今我們這淡淡的希望已經被粉碎。

「真虧導師的妻子們有辦法和他一起睡。」

「感覺真的要睡眠不足了。」

我和艾爾用棉被蓋住頭，開始努力讓自己入睡。

但我馬上就放棄，對自己施展「睡眠」魔法。

第四話　第一次索畢特大荒地會戰

「真是絕景！」

「呃，現在不是說這種話的時候吧……」

在索畢特大荒地布陣一星期後，反叛軍的先遣隊終於來了。

兩軍隔著我們為了妨礙騎兵而在南側街道設置的壕溝與石造柵欄對視。

反叛軍的戰力推測約有四萬人，我方則是合計約兩萬五千人。

儘管在數量方面居於劣勢，但軍隊素質並不輸給他們。

而且這是防衛戰，只要不犯大錯應該就不會輸……至少我是如此希望。

由於是第一場戰爭，因此我們都非常緊張，但導師仍像平常一樣表現得事不關己。

布蘭塔克先生也對他的遲鈍感到驚訝。

導師的心臟一定長了龍的體毛。

「把帝都的那些『蒼白蘿蔔』全都砍了！」

「「「「喔喔——！」」」」

我軍裡鬥志最旺盛的，就是瑞穗伯國的人們。這是他們首次為了保衛領土以外的理由出兵。

從他們的角度來看，帝國中央與南部的阿卡特族至上主義者是無法饒恕的存在，「敢來犯就把你們全部殺光」的情緒非常強烈。

位於防衛陣地東側的他們高舉瑞穗刀，挑釁反叛軍。

另外「蒼白蘿蔔」是瑞穗人用來指稱住在帝都的中央貴族與其關係者的蔑稱。

我個人很喜歡蘿蔔，所以不太希望他們用這個詞來侮蔑人。

昨晚瑞穗上級伯爵請我們吃的那種和「關東煮」一模一樣的料理，以及和「醃蘿蔔乾」很像的醃菜都很美味。

那些東西和這個寒冷的季節與熱過的瑞穗酒非常搭配。

「他們的鬥志好高昂。真是令人放心……」

大將阿爾馮斯在陣地的中央，與菲利浦公爵家近衛騎士隊一同布陣。

「儘管在數量方面居於劣勢，但應該勉強夠透過防衛戰消滅對方的人數吧？」

「為了減少犧牲，我很期待鮑麥斯特伯爵大人的表現喔。也請導師大人和布蘭塔克大人多多關照。」

「在下知道了！」

「唉，雖然我們只會待在中央。」

在這種重要的戰役，如何配置魔法師是個重要的課題。

魔法師只要還有魔力就能虐殺一般士兵，是鬼牌般的存在。
所以大本營當然要留最多人。
畢竟一旦總司令被殺掉，軍隊就會瞬間瓦解。
除此之外，也有可能反過來削弱大本營的守備，在右翼或左翼配置強大的魔法師，採取一口氣減少敵人數量的奇策。
雖然這方面的配置也是戰略的一環，但實際上由於「通訊」與「移動」魔法都遭到妨礙，所以如何配置魔法師就成了一個麻煩的問題。
由於無法飛去其他地方支援，因此為了保險起見，我們被配置在中央，剩下的魔法師則是平均分配到各個部隊裡。
菲利浦公爵家旗下有一名上級魔法師、四名中級魔法師與十五名初級魔法師，數量不輸布雷希洛德藩侯家，其他貴族家也意外地僱用了許多魔法師。
除此之外，他們也臨時對冒險者公會下達了徵召魔法師的命令。
為了預防戰時，帝國原本就設有這樣的制度，因此也有許多魔法師回應徵召。
帝國的冒險者公會現在分成兩派。
泰蕾絲以內戰勝利後就能光榮地被調到帝都總部為誘餌，讓北方分部加入了我方。
中央和南部的分部，則是全面協助反叛軍。
其中也有幾個分部宣告會採取中立，其他公會也都各自表態，處於分裂狀態。

等戰後重新整合時，泰蕾絲應該會非常辛苦吧。

「無論哪一邊的勢力，都在盡可能召集魔法師。雖然也有許多人因為討厭戰爭而拒絕，但這樣魔物的素材和魔法道具的供給應該會暫時減少吧。」

布蘭塔克先生似乎在擔心帝國的經濟，但這些事只能等內戰結束後再煩惱。

而且煩惱這些事是泰蕾絲等帝國人的工作。

「蘭族和瑞穗人的魔法師多嗎？」

「畢竟現在是自己民族的危急存亡之秋啊。」

在看過紐倫貝爾格公爵的作法後，當然會產生危機感。

這裡有許多擁有褐色肌膚的蘭族魔法師和瑞穗人魔法師，尤其是瑞穗伯國自己就擁有許多魔法師，他們的素質應該也不會輸給中央。

「救護部隊的素質也很好呢。」

「幸好鮑麥斯特伯爵的夫人是優秀的治癒魔法師，真是幫了大忙。」

阿爾馮斯似乎很期待艾莉絲身為治癒魔法師的能力。

畢竟只要能快點治好士兵的傷，就能大幅提升軍隊的力量。

艾莉絲與教會派來的治癒魔法使用者們，一起加入了後方的救護部隊。

即使讓艾莉絲上前線，她也沒什麼攻擊手段，所以才會請她專心幫忙治癒。

然而當時發生了一場騷動。

「咦？瑞穗伯國的救護部隊是另外獨立的嗎？」

「艾莉絲大人，我知道您是教會的祭司，所以這部分只能請您多多包涵。」

「雖然我有聽說過傳聞……」

帝國將瑞穗伯國納為保護國時，最大的問題就是宗教。

因為其實瑞穗伯國信仰的是和教會不同的宗教。

雖然不曉得是不是日本風格，但那個叫瑞穗教的宗教融合了佛教與神道，我們在瑞穗伯國內也有看過幾間設有鳥居，像是寺院的建築物。

「教會內也有些激進派，想強迫瑞穗人改信其他宗教。」

當然如果這麼做，瑞穗人可能會團結起來發動宗教戰爭。

這麼一來，雙方都會出現龐大的犧牲。

「帝國將新教徒派立為國教時，也曾發生流血衝突。」

正教徒派中較為強硬的信徒對新教徒派發動襲擊，新教徒派也採取反擊並差點演變成內亂。

即使是同一宗教也會如此。

若強迫瑞穗人改信其他宗教，情況一定會一發不可收拾。

「於是便提出了妥協方案。」

雖然雙方祭祀相同的神明，但型態有點不同。瑞穗的宗教就類似教會的分派，大家硬是做出了這樣的解釋。

「根據祕密協定，教會不會在瑞穗伯國內傳教。瑞穗教也不會在其他的帝國領地內傳教。」

雖然也有住在外地的瑞穗人成為教會信徒，或是在瑞穗伯國生活的其他民族成為瑞穗教的信徒，但由於數量稀少，因此並不構成問題。

「我知道了……」

艾莉絲既不是笨蛋也不是狂熱信徒。

她能理解有些人是信仰其他的宗教，不過看起來還是有點無法釋懷。

她從小就深受教會影響，或許這也是無可奈何。

「如果只因為對方信仰的宗教不同就不認同對方，那和紐倫貝爾格公爵有什麼不同……」

「對不起，親愛的。」

「艾莉絲從小就只有接觸教會，所以我也能理解妳為何無法接受……」

雖然講起來有點曖昧，但這也很像是前日本人會有的宗教觀。

「沒錯！艾莉絲啊，宗教只是一種權宜的手段！」

「導師姑且是王宮首席魔導師，請你稍微自重一點。」

在不同的意義上和我一樣完全不信宗教的導師說出的真心話，讓布蘭塔克先生忍不住出言勸誡。

「伯爵大人又是如何呢？」

「雖然不到完全不相信，但在像這樣的戰鬥開始前，還是會想祈禱。」

儘管只是覺得「有信有保佑」的程度，但我平常就有貢獻捐款和特權給教會，所以偶爾請神明大人幫個忙也不為過吧。

「是我太頑固了嗎？」

「應該不至於吧？」

「對啊。真正頑固的人，應該會強迫別人改信其他宗教。」

和我一樣理性看待教會的伊娜和露易絲，開口安慰艾莉絲。

「而且一旦開戰，就沒有餘裕在意那些事情了。」

「也不會因為宗派不同就不幫對方治療。」

薇爾瑪和卡特琳娜說得沒錯，等戰爭開始後，負責治癒的神官和魔法師會變得非常忙碌。

為了維持戰力，有必要快速治療傷患，有時候甚至還得思考治療順序。

假設有個魔法師剩下的魔力只夠治療一個人，然而卻有兩名傷患被送過來。

一個是普通士兵，另一個是有名的騎士。

從戰鬥力來看，應該優先治療騎士，但若那位士兵受了瀕死的重傷該怎麼辦？

雖然如果不治療就會死，但考慮到戰況，還是讓騎士回戰場比較能減少死傷。

這時候就必須做好即使得對士兵見死不救，也要治療騎士的覺悟。

「必須靈活地向瑞穗伯國請求協助才行呢。」

「儘管對方或許也沒有餘力，但不求助可能會讓死者增加。這部分得靈活地行動才行。」

「我知道了，親愛的。」

這段對話結束後，艾莉絲前往後方的野戰治療所。

話說宗教這種東西還真是麻煩呢。

「不過戰爭真是殘酷呢。」

傷患在接受治療後，還是有可能回去參戰，所以真正的戰爭必須確實殺掉對手。

這是一場讓人覺得之前與布洛瓦藩侯家的紛爭簡直像兒戲、在兩百年前結束過的真正戰爭。

之所以不容易演變成戰爭，也是因為這些原因。

「敵軍的大將好像要報上名號了。」

在阿爾馮斯用下巴指示的方向，有一名穿著豪華鎧甲騎著漂亮馬匹的中年胖大叔，以及兩名看似護衛的年輕騎士。

他們騎著馬靠近這裡，但立刻就被我挖來阻擋馬匹的壕溝擋住去路。

「不懂何謂騎士美學的野蠻人們！給我仔細聽好了！我就是受到陛下欽點，前來解放索畢特大荒地的帝國將軍克拉森！」

「美學啊……如果贏不了根本就沒意義。」
「哼！你就是那個黑豬女的懦弱表哥嗎？」
居然叫泰蕾絲黑豬，想必是從平常就看她很不順眼。
都對別人高談什麼美學了，講話還這麼低俗。
「克拉森將軍，你就是因為只會虛張聲勢不運動才會變成白豬。在侮辱我們的主子前，還是先看看自己的肚子吧。」
反叛軍的大將，似乎是帝國軍的背叛者。
雖然從語氣來看，他似乎是紐倫貝爾格公爵的朋友，但阿爾馮斯也以同樣的挑釁回應他的挑釁。
「唔！如果現在投降，我還能放你們一條生路。」
克拉森將軍氣得滿臉通紅，但還是沒忘記遵守戰前勸降的禮儀。
「就算你說會放我們一條生路……」
「你們這些玷污我等阿卡特族生存權的野蠻人！光是能留下一條小命就該感恩了！」
「你說的阿卡特族只是幻想。根本就沒有那種民族。」
「明明只是個年輕人，還真是會頂嘴！」
「請你別講輸年輕人啊。這樣會顯得你很無能。」
「最近的年輕人連怎麼說話都不曉得嗎？」
明明是來挑釁結果卻反被挑釁，克拉森將軍的臉變得跟煮熟的章魚一樣紅。

還有真希望他挑釁和謾罵的品味能再好一點。

「你認識他嗎？」

「是個有名的笨蛋。」

他似乎是個因為家世好才當上將軍，否則頂多只能當個兵長的人物。

克拉森將軍對老家是在帝國成立前就存在的名家這點引以為傲，並透過這層關係歸順紐倫貝爾格公爵。

聽完阿爾馮斯的說明後，我總算理解這個克拉森將軍是什麼人了。

「我要把你們趕盡殺絕！」

即使四萬人能戰勝兩萬五千人，應該也不可能讓對方全滅。

就是因為連這點都不懂，他才會被阿爾馮斯視為一個無能的人。

克拉森將軍為了開戰而退到後方。

「直接用魔法殺掉他不是比較輕鬆嗎？」

「這樣違反禮儀。對方姑且還算有遵守規則，這次就放他一馬吧。」

雖然我覺得從發動叛亂時起就沒什麼規則可言，但還是先遵從阿爾馮斯的命令。

過了一段時間後，步兵上前在我挖的壕溝上鋪板子，開始前進。

「全軍！開始射擊！」

由於反叛軍已經進入射程範圍內，阿爾馮斯指示士兵射擊，但放出的弓箭全被彈開了。

「啊——哈哈！見識到我軍的『廣域魔法障壁』了吧！」

明明不是自己在施展魔法，一看見最初的弓箭攻擊被彈開，克拉森將軍就開心地喊道。

大概是叫幾乎所有的魔法師使用「魔法障壁」，再讓他們直接前進吧。

「畢竟順利的話，就能毫髮無傷地攻進這個野戰陣地。」

由於我方的攻擊全被擋下，因此只要成功就能在沒有損害的情況下先發制人。

不過這項作戰有個漏洞。

在用「魔法障壁」抵擋我們攻擊的同時，他們自己也完全不能發動攻擊。

「雖然偶爾會有人想出這種作戰，但通常都止於妄想……」

儘管在「魔法障壁」解除前確實不會被攻擊，但相對地自己也完全無法攻擊，現在就大量消耗魔力，之後應該會很辛苦。

連這點都想不到，克拉森將軍真的是個無能的人。

「即使如此，這對我們來說是好機會。」

我從魔法袋裡取出望遠鏡，開始尋找敵陣中的魔法師。

初級和中級的魔法師被平均地分散開來，用「魔法障壁」覆蓋朝我們進攻的反叛軍。

反叛軍占據數量優勢，所以如果想先下一城，像這樣用魔法也很合理。

前提是不考慮魔法的持久力。

「上級程度的在……」

幾秒後，我發現一個魔力等級和布蘭塔克先生差不多的魔法師。
果然是被配置在中央，他們似乎召集了一定數量的優秀魔法師。
「（用正攻法應該不容易打倒他們……）」
那些魔法師是覆蓋整個大軍的「廣域魔法障壁」的關鍵，所以不能自由行動。
證據就是他們打扮成普通士兵的樣子。
這是為了預防我方用魔法狙擊，才刻意打扮成那樣。
「薇爾瑪。」
我將臉靠向薇爾瑪，將望遠鏡交給她並告訴她哪個士兵是魔法師假扮的。
這是為了拜託她狙擊。
「我還是看不出來……」
「妳的魔力才增加沒多久。過不久就能學會了。」
薇爾瑪還不習慣分辨魔法師。
於是由我來替她指示。
「嗯——好難喔。」
薇爾瑪邊說邊將鐵箭搭上之前的鐵弓，瞄準那個魔法師。
正常來講，弓箭應該會被「魔法障壁」彈開，無法狙擊能自由行動的上級魔法師。
然而現在幾乎所有的魔法師都在共同展開「廣域魔法障壁」。

既然正在全力施展那個魔法，當然無法應付突然飛過來的鐵箭。
雖然「廣域魔法障壁」擁有強大的防禦力，但還是有方法擊破。
只要用比防禦力還強的攻擊力突破就行了。
薇爾瑪射出的鐵箭，在被我施展過「強化」後貫穿反叛軍的「廣域魔法障壁」，直接粉碎了扮成士兵的魔法師頭部。
儘管是效果樸素的魔法，但由於必須貫穿堅固的「魔法障壁」，因此我還是感覺自己消耗了大量的魔力。
貫穿目標的鐵箭，又繼續貫穿了幾名後方的士兵造成死傷。
「咿！」
雖然周圍的隊形因為上級魔法師的死陷入混亂，但「廣域魔法障壁」還是沒消失。
大概是上級命令他們別因為一兩人戰死，就解除「魔法障壁」吧。
無論是再怎麼優秀的魔法師，只要行動被限制就會輕易喪命。
連這點都不曉得的克拉森將軍的能力可想而知。
「嘖！」
布蘭塔克先生咂了一下嘴。
因為他原本打算等「廣域魔法障壁」消失後，立刻用手旗打信號給同伴，用弓箭和魔法發動攻擊。
「伯爵大人，繼續吧。」

「了解。」

「廣域魔法障壁」主要是由那些擁有上級程度魔力的魔法師在維持，所以如果想破解，就只能再多殺幾個。

「伊娜小姐，就是那個人。」

「因為有變裝，所以好難分辨……」

卡特琳娜也發揮出與布蘭塔克先生特訓的成果。

她告訴伊娜變裝的魔法師的位置，伊娜也用提升的魔力投擲長槍。

伊娜的長槍同樣也有經過卡特琳娜「強化」，魔法師在身體中央被開了個洞後倒下。

那一定是當場死亡。

「雖然可憐，但如果只讓他負傷，治療後還是會再回來，所以絕對不能留活口。」

布蘭塔克先生的工作，是絕對不能讓阿爾馮斯死和對我們下達指示。

像這種時候，經驗的差距果然無論如何都會變得很明顯。

連導師都乖乖聽從他的命令。

「畢竟要是艾爾小子還沒結過婚就死掉也太可憐了。」

「剛新婚的布蘭塔克先生才是絕對不能死呢。」

「這種話等你結婚後再說吧。」

「我馬上就會結婚。」

布蘭塔克先生看著護衛我的艾爾與護衛卡特琳娜的遙如此回嘴，坦白講我到現在還是不曉得那兩個人到底有沒有機會。

「總之瞄準魔力量高的人。他們一定都有變裝。」

「吶，我們有機會出場嗎？」

「在下也很無聊。」

「之後一定會展開追擊。為了能盡可能多殺幾名敵人，你們先保留魔力吧。」

阿爾馮斯冷酷地說道，但他的意見是正確的。

即使理解一切都是發動政變的紐倫貝爾格公爵不好，想打倒他的泰蕾絲才是正確的一方，但還是有許多貴族是被迫服從幾乎掌握了整個南部與中央的紐倫貝爾格公爵。

所以我們才必須在這裡打一場大勝仗，解除紐倫貝爾格公爵對他們的限制。

「戰爭這種事只會造成損害，真是令人困擾。」

在我們的狙擊下，敵人已經死了兩名上級魔法師和八名中級魔法師。

我和卡特琳娜下達指示，薇爾瑪和伊娜狙擊，利用施加過「強化」的攻擊突破「廣域魔法障壁」。

雖然這可能會消耗比戰略級攻擊魔法還多的魔力，但趁現在殺掉高階魔法師，之後會比較輕鬆。

「對方損失慘重呢。」

「因為那傢伙的命令而來不及發揮實力就死掉的魔法師真可憐。」

導師為那些戰死的魔法師感到可惜。

會有這種愚蠢的結果，全都要怪克拉森將軍是個膽小又無能的人。

因為他為了減少士兵的損害，讓只有自由行動才能發揮效果的魔法師們受限於「廣域魔法障壁」這項固定的工作。

「過去許多戰爭的勝敗，都是左右於如何使用魔法師。若敗軍中仍剩下許多實力堅強的人在奮戰，那贏家也得付出龐大的損害。」

拜此之賜，發生戰爭的頻率也減少了。

因為即使獲勝也會蒙受極大的損害，回復起來也很花時間。

那場與布洛瓦藩侯的紛爭會以那種形式收場，也是為了避免真的演變成戰爭，造成龐大的損害。

「繼續狙擊魔法師。薇爾瑪，是那傢伙。」

「我知道了。」

我必須用望遠鏡尋找的魔法師，視力極佳的薇爾瑪只靠肉眼就能輕易確認。

「最近眼睛又變好了。」

因為患有英雄症候群，所以薇爾瑪的身體總是維持被魔力強化的狀態，隨著魔力增加，她的身體能力似乎也跟著變強了。

其中似乎也包含了視力和聽覺，真是奇妙的現象。

薇爾瑪說她的五感變敏銳了。

「威力大幅下降了。」

布蘭塔克先生確認反叛軍展開的「廣域魔法障壁」已經變弱許多。
「正常來講，應該會解除障壁發動突擊吧？」
「所以才說克拉森將軍是個笨蛋。」
既然已經大幅縮短與我軍的距離，接下來應該解除「廣域魔法障壁」發動突擊才對。
只要剩下的魔法師能自由行動，就能破壞圍牆和柵欄，我軍也會出現相當多的死傷。
「因為目前的損害還很少嗎？」
「不，魔法師方面的損害很大吧。」
雖然死傷者不多，但大部分是魔法師。
居然限制貴重的魔法師的行動害他們被殺，克拉森將軍果然很無能。
「紐倫貝爾格公爵不是很有能力嗎？」
「誰知道。」
即使他真的像伊娜說的那麼有能力，為了獲得中央的帝國軍的協助，或許還是必須做出一定程度的讓步。
就在我邊想這種事邊繼續狙擊魔法師時，戰況終於改變了。
左翼的瑞穗伯國軍那裡，突然傳來某種東西一齊炸裂的聲音。
「那是什麼？」
「難不成他們已經完成『魔槍』了！」

一聽見阿爾馮斯驚訝地喊出「魔槍」這個詞，我馬上就理解了。

瑞穗伯國擁有的日本風格文化，與戰國時代到江戶時代這段時期非常相似，所以應該是開發出了用魔力擊發子彈、類似火繩槍的東西。

「第一列後退！第二列上前！」

我看向與瑞穗伯國軍對峙的右翼反叛軍，他們的前衛已經潰不成軍。

因為我們削弱了「廣域魔法障壁」，所以魔力擊發的子彈貫穿障壁，擊倒了那些士兵。

而且「魔槍」和火繩槍不同，射擊間隔比較短。

儘管是從前方填裝子彈，但只要將子彈裝進槍管就好，魔力是由裝在上面的魔晶石提供，連射性能比火藥型優秀。

由於射擊五發後槍身就會變熱，這時候就得和下一批人員換班。

像這種高性能的新兵器，當然會為反叛軍帶來極大的動搖。

不過對方似乎還沒下達撤退命令，右翼的反叛軍持續前進，不斷增加無謂的犧牲。

「伯爵大人。『廣域魔法障壁』消失了。」

「嗯。」

為了讓剩下的魔法師能自由行動，克拉森將軍總算解除了「廣域魔法障壁」。

布蘭塔克先生當然不可能沒發現這點，他和阿爾馮斯交換了一下視線，在中央的大本營舉起紅旗。

那是開始攻擊的信號，於是我軍毫不留情地對靠近的反叛軍發射箭矢和魔法。

反叛軍也開始反擊，雙方終於正式展開死鬥。

為了攻下這個野戰陣地，反叛軍持續前進和攻擊，而我方的軍隊則是拚命阻止。雖然發動攻擊的反叛軍死傷較慘重，但他們也還有魔法師。

「第七瞭望臺被完全破壞！出現許多死傷！」

「傅格爾大隊長陣亡！由林茲中隊長代替他指揮！」

我們這邊也接連收到死傷報告，但無法前去支援。

反正我們已經事先將中級和初級的魔法師平均分配到各個部隊內，再加上剛才發動的狙擊，已經讓我們這邊的魔法師數量與素質占據優勢。

我們必須防守大本營和幫忙擊破正面的軍隊。

這是我們第一次參加互相殘殺的戰爭，所以根本沒有任何餘裕。

「伯爵大人，別發動規模太大的魔法啊。」

「了解。」

我接連製造小規模的「風刃」和「火炎球」，越過石牆攻擊反叛軍的士兵。

敵兵不是被砍死就是被燒死，但我無法手下留情。

畢竟一旦戰敗被殺，一切就完了。

「整體來看，是我們占優勢呢。」

距離反叛軍發動攻擊已經過了約三小時，我們眼前倒了許多反叛軍的士兵。

雖然沒有細數，但對方應該已經折損了數千人。

我方也出現了幾百名死傷，但反叛軍能攻擊的魔法師已經變少，硬碰硬的結果就是產生極大的損害。

「事到如今，克拉森將軍也無法撤退了吧。」

眼前突然有個「火炎球」飛了過來。

儘管對方似乎希望能靠這記狙擊一口氣逆轉戰況，但還是被布蘭塔克先生輕易擋下。

「是那傢伙。」

「好的！」

卡特琳娜瞄準那名魔法師發動「風刃」。

雖然對方用「魔法障壁」彈開了第一擊，但馬上就被我用魔法發射的小刀貫穿頭部，當場倒下。

我應該確實殺死他了。

「不愧是威德林先生。」

「殺人這種事沒什麼好稱讚的。」

「這點我也一樣啊。」

我和卡特琳娜面前堆滿了許多屍體。

即使已經出現了數千名死傷，靠「廣域魔法障壁」前進的反叛軍仍不願放棄攻擊，一部分的我軍得用長槍將爬上石牆的反叛軍士兵與騎士擊落。

「沒完沒了呢。」

「是啊。」

艾爾和遙也跟伊娜借備用的長槍，開始擊落爬上石牆的敵人。

「發現指揮官了。」

薇爾瑪也用鐵弓繼續狙擊指揮官。

「艾莉絲沒問題吧？」

再怎麼說也不能過去探望她，我開始擔心起持續在後方治療傷患的艾莉絲。

「艾莉絲大人很強，所以一定沒問題。」

「這樣啊。」

仰慕她的薇爾瑪邊放箭邊安撫我。

「不過真奇怪……」

反叛軍的攻擊已經持續將近六小時。

由於已經累積上萬具的屍體，敵軍也變得比較容易爬上石牆。

即使敵軍的損傷遠比我們嚴重，他們還是不停止攻擊。

「答案很簡單。因為主力是選帝侯的諸侯軍。」

由於主人被當成人質，因此他們無法撤退。

失敗可能會害主人被處罰，即使必須同歸於盡，也要勉強攻下這個野戰陣地。

「所以才由克拉森將軍擔任大將啊。」

他是中央的軍系名譽貴族，所以其他貴族不管死了多少人，他都不痛不癢。

而且克拉森將軍雖然是帝國軍的重要人物，但非常無能。

如果戰敗，紐倫貝爾格公爵就能藉由處罰他們來加強獨裁體制，選帝侯的軍隊潰敗後，鎮壓他們的領地也會變得比較容易。

「利用我們收拾選帝侯的軍隊啊。」

雖然選帝侯們只是人質，但名義上仍是負責人，所以一旦戰敗還是會被迫負責。

紐倫貝爾格公爵的計畫應該是藉此沒收他們的領地，吸收他們的勢力。

「所以他們拚死也不能撤退啊。」

結果就是這些堆積如山的屍體。

雙方互相放出大量的弓箭與魔法，瑞穗伯國軍則是連續發射魔槍。

我方只有約千人的死傷，但這只是因為我們是守備方，以及艾莉絲他們組成的救護部隊非常努力。

「會演變成夜戰嗎？」

「希望能避免變成那樣。」

「為什麼？」

「雖然紐倫貝爾格公爵軍可能做得到，但我們還是希望夜晚只要警備就好。」

阿爾馮斯認為既然紐倫貝爾格公爵有意透過叛亂奪取皇位，那就算有對領地的軍隊施行這方面的訓練也不奇怪。

畢竟紐倫貝爾格公爵軍原本就以精悍聞名。

「那得盡快分出勝負才行。」

「此外還得解決克拉森將軍。辦得到嗎？」

儘管損害龐大，但基本上是個膽小鬼的克拉森將軍仍在後方發狂似的持續督戰。

此外克拉森將軍還在自己身邊特別留了兩名上級程度的魔法師，他們只專心護衛克拉森將軍，所以也很難用魔法狙擊他。

因為若他們專心展開強大的「魔法障壁」保護自己和克拉森將軍，突破起來會很棘手。

「雖然如果用盡所有的魔力就有可能辦到……」

戰場上無法預測會發生什麼事，所以還是得盡可能保留一定程度的魔力。

「不好意思，能麻煩您嗎？」

阿爾馮斯命令我殺害克拉森將軍。

「我知道了……導師，你聽見了吧？」

「只會躲在後方耀武揚威，真是沒用的將軍！」

我一打信號，無聊地對敵軍丟石頭的導師就灌注龐大的魔力，將巨石丟向離這裡有數百公尺遠的克拉森將軍等人。

「真虧他能丟得那麼遠呢。」

「露易絲，別管這個了，動作快點！」

「雖然想打中並不困難……」

儘管尺寸不像導師那麼大，但露易絲也開始丟出巨石，伊娜連續投擲長槍，薇爾瑪也用鐵弓連射。

大家的攻擊都精準地抵達克拉森將軍身邊，但全都被兩名護衛的魔法師用「魔法障壁」擋了下來。

「卡特琳娜！」

「好的！」

不過那些都只是誘餌。

之後我用魔法射出好幾把小刀，並施加強力的「強化」。

卡特琳娜配合我的時機，也重複對小刀施展「強化」。

雖然是無法臨場發揮的招式，但幸好我們剛好有練習過。

好幾把帶有強大貫穿能力的小刀飛向克拉森將軍。

「不管再怎麼攻擊，在我們『鐵壁』『硬壁』兄弟面前都沒用啦！」

「哥哥！不好了！」

無論是再怎麼堅固的盾牌，只要用更強的力量就能破壞。
貫穿能力增加的小刀集中突破了「魔法障壁」，貫穿兩名魔法師與克拉森將軍的身體。
剩下的幾把小刀接著貫穿三人，讓他們因為大量出血而倒下。
「克拉森將軍！」
「總司令！」
周圍的士兵大為動搖，這股情緒宛如傳染病般擴散到整支軍隊。
不管再怎麼無能，他都是總司令。
只要他一陣亡，士氣當然就會下降。
「撤退！」
這支由複數諸侯軍混合組成的部隊沒有經歷過共同訓練的缺點，也在這時候顯現出來。
一部分的指揮官開始擅自撤退。
這麼一來，這個趨勢擴散到全軍也只是時間的問題。
「阿爾馮斯，我的魔力見底了。」
「我也不行了。」
我和卡特琳娜當場背靠背坐倒在地。
雖然不至於失去意識，但也無法好好使用魔法了。
「真是幫了大忙。這樣就是我軍的勝利了。派出追擊部隊！」

「不用擔心伏兵嗎？」

「不需要。我會讓能使用『探測』的魔法師一起隨行。」

「要小心『遮蔽』的魔法喔。」

戰爭這種東西果然不存在什麼漂亮的作法。

阿爾馮斯對之前保留的騎士隊下達出擊命令。

「有需要追擊嗎？」

「需要。」

一直以成為貴族為目標的卡特琳娜，大概是認為追擊背對自己的對手不符合貴族的作風吧。

「追擊最能有效減少敵人的數量。因為敵人背對我們啊。」

而且要是被他們逃掉，之後又會重整態勢回來攻擊我們。

能消滅敵人數量時就要消滅，這才是最能減少同伴犧牲的方法。

「我說的只是漂亮話嗎？」

「我覺得平常這樣想是沒什麼問題。」

「現在是戰爭期間，所以無可奈何嗎？」

「如果不這麼想，根本就無法殺人吧。」

「說得也是……」

雖然我至今也殺過許多魔物，但來到帝國後才首次認真殺害眼前的人。

之前是為了逃離政變軍而殺害士兵，今天則是殺害了大量來犯的敵人。
儘管戰鬥時太過專心所以什麼也沒想，但看見眼前這些血淋淋的屍體後，我突然開始顫抖不已。
既然連我都這樣了，女性成員們應該更辛苦吧。
因為不知不覺間，我已經和四位妻子相擁著坐倒在地。
「不好意思啊。害你們被我們的事情牽連。」
「畢竟這是工作。雖然我們只是看見屍體就會抖個不停的沒用傭兵。」
「不。其實我的狀況也差不多……」
仔細一看，阿爾馮斯的指尖也在顫抖。
周圍的士兵們也一樣，有些人一放鬆下來就得用長槍撐住身體，有些人則是哭著向受傷的戰友搭話。
唯一精神抖擻的，就只有準備出擊的追擊隊。
「他們也只是強打精神，因為當中沒有任何一人真正經歷過戰爭。」
要立下戰功好出人頭地和獲得獎賞。
大家都是這樣說服自己，裝出勇敢的樣子出戰。
不過其實所有人都害怕得不得了。
畢竟只有極少數的人會喜歡殺人。
「威爾，我也要跟去。」

「沒關係嗎？」

「我不像威爾你們消耗那麼多體力。而且也不會太勉強自己。」

艾爾應該是想趁這時候立下戰功吧。

鮑麥斯特伯爵家實在變得太龐大了，愈來愈多人批評艾爾是個只會靠關係的男人。

「拜託你千萬要回來啊。」

「我會小心啦。而且還有遙小姐在。」

「真是血腥的約會呢。」

「你還真敢說呢。那我走囉。」

艾爾似乎是透過遙的關係才能加入瑞穗伯國的追擊隊。

他舉著新打好的瑞穗刀，和「拔刀隊」的成員們一起展開追擊。

遙也在他的旁邊。

「鮑麥斯特伯爵，您已經可以休息了。」

「沒關係嗎？」

「至少今天是這樣。」

只有追擊隊要參加戰鬥，剩下就是派出斥候，以提防敗走的敵軍反擊或其他敵軍夜襲。

「收拾戰場的工作就交給我們。可不能讓身為有效戰力的鮑麥斯特伯爵們因為這種作業浪費體力。」

「我知道了。我去找艾莉絲。」

我也不認為魔力用盡的自己能派得上用場，總之我現在只想見艾莉絲。

即使打了勝仗，我的心情還是不太好。

將護衛阿爾馮斯的工作交給布蘭塔克先生後，我們退到後方。

第五話 泰蕾絲大人，親赴前線

「法蘭克！振作一點！」

「嗚嗚……媽媽……」

悽慘的戰鬥結束幾小時後，我在艾莉絲待的野戰治療所幫忙治療傷患。

先小睡幾個小時讓枯竭的魔力稍微回復後，我利用手邊的魔晶石幫忙治療數量眾多的傷患。

我平常都將這種工作交給艾莉絲，很少練習治癒魔法，而且也不能現在就把魔晶石用光。

因此治療時無論如何都得排定優先順序，過程中也出現一些可能來不及救治的人。

現在我也像這樣面臨了重傷者在意識朦朧時被戰友們激勵的場面。

年紀與我差不多的少年，正在與死神搏鬥。

「伯爵大人！請您救救法蘭克！」

「……」

雖然我也很想救他，但我透過小睡回復的魔力已經見底，並消耗了相當多的魔晶石。

接下來不曉得還會發生什麼事，阿爾馮斯也嚴格命令我必須保留一定數量的魔晶石。

儘管遺憾，但也只能期待他的生命力了。
「不好意思，我的魔力已經……」
「怎麼這樣……法蘭克！振作一點啊！」
看見少年拚命向垂死的戰友喊話的場景，讓我心裡充滿了罪惡感。
我不是不能救他，只是若只救他會對其他傷患不公平。
萬一用光魔晶石後，敵軍又再次來襲怎麼辦？
雖然可憐，但現在只能冷酷地放棄他。
既然身在戰場，就必須進行這種冷酷的計算。
「親愛的……」
「抱歉。」
一旁的艾莉絲，魔力也早已枯竭。
不論是魔晶石或我送給她的戒指裡的魔力都已經被用得一乾二淨。
仔細一看，她的修道服還被血弄髒了，可見她有多拚命在幫忙治療。
「法蘭克！振作一點啊！」
「啊啊……媽媽……」
名叫法蘭克的重傷少年的母親似乎已經去世。
會看見她的幻影，就表示他即將蒙主寵召了吧。

即使陪在法蘭克身邊的少年戰友們持續呼喊，他的意識還是逐漸遠去。死亡已經近在咫尺。

「對不起。要是我能使用更強的治癒魔法……」

「不，能使用哪些魔法就像是一個人的個性。卡特琳娜沒有錯。」

「威德林先生……」

每個人都有擅長與不擅長的事情，所以這也無可奈何。

卡特琳娜的魔力也已經枯竭，她的治癒魔法最多只能治療輕傷。

「親愛的……」

「威德林先生……」

我們三人心中都充滿愧疚感，我只能抱著兩人的肩膀安慰她們。

「媽媽……來接我了……」

「法蘭克！振作一點！」

就在少年即將斷氣時，某人挑了一個最好的時機現身。

儘管看起來不像主角，但那個人總是處在騷動的中心。

「傷患是在這裡嗎？」

因為作戰考量而保留了魔力，明明沒受到任何委託還是參加了追擊戰的導師出現了。

「導師？」

「舅舅？」

「有事晚點再說！」

我不曉得導師為何會參加追擊戰。

當時他不曉得從哪裡掏出阿姆斯壯伯爵家的人常用的六角棒，單手拿著棒子就跳上道產子馬衝了出去。

盡可能讓局勢變得對王國有利。

或許是陛下的命令讓他鼓起了幹勁。

儘管阿爾馮斯也被這突發狀況嚇得目瞪口呆，但導師還是成功像這樣順利回來了。

不過他的長袍上沾滿血跡，讓艾莉絲反射性地躲開。

「年輕人啊！振作一點！」

導師雖然學會了「聖」治癒魔法，但如果想發揮效果，就必須抱住對方。

全身散發出藍白色「聖」光的導師，用力張開雙手。

「請你快點治療他（奇怪？明明是件好事，但看起來……）」

「呃……拜託你了，舅舅。」

對在禁止同性戀的教會長大的艾莉絲來說，自己尊敬的舅舅抱緊少年應該是一幅宛如惡夢般的光景吧。

不過這也是為了救少年的性命。

她也不去想多餘的事情，直接拜託導師幫忙治療。

全身散發藍白色「聖」光的導師一抱住少年，後者身上的傷就逐漸消失。

雖然還是一樣得抱緊對方才能發動，但由於導師原本的魔力就很驚人，因此效果非常顯著。

「嗚嗚……媽媽。」

多虧了導師的治療，原本瀕死的少年逐漸恢復意識。

不過有個悲哀的現實。

「法蘭克先生，正在抱您的不是您的母親……」

「不行——！不可以說出來——！」

個性認真的艾莉絲試著陳述事實，但現在不能說這個。

「那位少年得救了。這樣就夠了……」

「我知道了。」

導師用治癒魔法拯救了垂死的少年。

看在像艾莉絲這樣的教會相關人士眼裡，這應該是會讓人想記載在書裡的奇蹟吧，但從畫面上來看只是個讓人想封印這段記憶的光景。

肌肉大叔緊緊抱住少年。

如果真的將這個場景記載成書，應該會被教會列為禁書。

「要是導師能正常地使用治癒魔法就好了……」

「是啊……」

剛才的愁雲慘霧瞬間消散，我和艾莉絲只能在一旁乾笑。

然後獲救的法蘭克少年也面臨了悲劇。

「媽媽？」

「嗯。雖然在下不是你的母親，但恭喜你獲救。」

「……」

也難怪少年會啞口無言。

明明在垂死且意識朦朧時，腦中浮現的是已經去世的母親身影，結果一醒過來就發現自己正被一個全身肌肉、長相凶惡到連流氓看見都會害怕的人抱住。

雖然導師對那名少年露出笑容，但既然對象是導師，對方當然不可能客觀看待。

看在他的眼裡，導師可能就像是個全身肌肉的死神。

他就這樣僵住一段時間。

「好硬啊——！媽媽好硬啊——！」

看來他似乎無法忍受發生在自己身上的現實。

少年發出震耳欲聾的慘叫。

「啊哈哈哈！看你這麼有精神，應該是沒事了！」

「吶，里赫特！康萊特！這到底是怎麼回事？」

傷口痊癒的法蘭克少年詢問周圍的朋友，但無法在導師面前亂說話的他們只能移開視線垂下頭
——
「導師大人救了你。」
然後小聲地陳述事實。
「法蘭克，能得救就算很好了。」
「沒錯，少年！只要活著，就能繼續享受人生！」
難得的感動場景，全都因為導師而泡湯了，其他傷患都對獲救的少年投以同情的視線。
不過他們馬上就發現一件事。
那就是自己也即將被導師擁抱，發出不成聲的慘叫。
「導師，你的魔力沒問題嗎？」
「追擊時幾乎沒用到！在下從後面追上去時，只有用這根鐵棒打死敵人！」
「這樣啊……」
姑且不論魔法師展開追擊時用六角棒打死敵兵正不正確，託導師的福，有許多傷兵能夠獲救也是事實。
雖然大家被抱住時應該都會在心裡發出慘叫。
「是要就這麼喪命，還是被導師擁抱獲救。明明當然應該要選後者，但是心情上還是會感到迷

惘。」

「唯一的救贖，就是這當中完全沒摻雜愛情。」

「卡特琳娜姑娘若無其事地說出了很殘酷的話呢。」

「師傅，我已經結婚了……」

「喔，真不好意思。」

戰鬥結束後的隔天，我、布蘭塔克先生和卡特琳娜三人一面修復、增建和改建野戰陣地，一面談話。

儘管一開始能夠幫忙抵擋敵兵，但在戰鬥後期出現許多屍體後就顯得高度不夠，因此阿爾馮斯拜託我們增建。

泰蕾絲一定會帶援軍過來，所以得對野戰陣地進行增建與改建。

為了預防反叛軍湧入北部地區，視戰況而定，這裡在同伴南下時或許會成為他們的據點，所以再怎麼施工都不算多餘。

而且這總比去外面收拾在之前的戰鬥中出現的死者要好。

雖然也有以發日薪的形式請當地居民幫忙，但那工作給人的感覺還是很差。

我們決定專心處理土木工程。

「我可不想打輸，然後變成那些屍體的夥伴。」

「畢竟才剛新婚呢。」

「我和伯爵大人都是吧。話說艾爾那小子呢？」

「在約會嗎？」

由於阿爾馮斯另外派了新的護衛給我，艾爾和遙現在都不用一直守在我們身邊。

於是想早點學會刀術的艾爾，最近都在埋頭苦練。

遙也以教師的身分一起參加鍛鍊。

「明明追擊戰才剛結束，真是辛苦呢。」

之前菲利浦公爵家軍的精銳與包含拔刀隊在內的瑞穗伯國軍菁英一起展開追擊，讓四萬人的反叛軍有一半變成了屍體。

儘管也有傷患和俘虜，但總數只有約兩千人。

如果戰敗，回去後主人可能會被處刑，若只有自己投降，家人可能會被連累，因此許多士兵都奮戰到戰死為止。

在治療方面，也必須以我方的士兵為優先，所以也有很多傷患熬不到今天。

屍體實在太多，大家即使提不起勁還是得設法處理。

「我方似乎也死了不少人。」

「是啊。」

我方的死傷人數，總計是兩千五百六十七名。

雖然以殺敵率來看，可以說是我們壓倒性地有利，但這次的反叛軍並不是什麼精銳。敵人光靠即使失敗也能直接捨棄的軍隊，就為我方帶來百分之十以上的損害。紐倫貝爾格公爵絕對不認為自己正處於不利吧。

「所以阿爾馮斯非常煩惱？」

「是啊。」

如果放水就會被殺，所以不得不認真戰鬥，但殺愈多人，帝國的國力就會衰退得愈多。這對泰蕾絲來說，也是個令人頭痛的問題吧。

「比起戰鬥，還是增設石牆比較好。」

「說得也是……」

完成阿爾馮斯託付給我們的修復與增設石牆的工程後，我們換退到後方耕耘荒地。我們不是屯田兵，但這是為了種某樣作物。

「威爾！」

「等你很久了。」

用魔法替現場的荒地翻土後，原本在其他人種的田裡幫忙播種的伊娜和露易絲也出現了。

「你們在種什麼啊？」

「好像是叫笨蛋蘿蔔。」

「實物長這樣。」

伊娜拿一個像櫻島蘿蔔的大蕪菁給我看。

明明叫笨蛋蘿蔔，但實際上似乎比較接近蕪菁。

「這可以當馬的飼料。」

笨蛋蘿蔔似乎是種來當馬飼料的作物。

儘管對人類來說又硬又難吃，但不管在什麼樣的荒地都能輕易栽種。

雖然某種程度上還是需要水，但這只要多挖一點井就能解決。

因為「不管是什麼樣的笨蛋都能種」，所以才叫笨蛋蘿蔔。

「據說原產地是瑞穗伯國。好像是在對蕪菁進行品種改良的過程中培育出來的。」

「喔——」

我靜靜地聽露易絲說明。

說到蘿蔔，就會讓人想吃關東煮和醃蘿蔔。

回想起烤秋刀魚配蘿蔔泥，或是與魩仔魚的組合後，我開始思考該如何從瑞穗伯國那裡取得這些東西。

「播種後只要兩個月就能收成，另外也十分耐寒，即使種在荒地也沒問題。唯一的缺點就是難吃吧？」

不過是給馬吃所以沒關係。

在荒地收穫笨蛋蘿蔔後，再種植牧草，之後就能將馬糞混在土裡，種植稗子、小米和蕎麥。

像這樣逐步改良後，就能培育出能種小麥的土壤。
「在鮑麥斯特伯爵領地也能種嗎？」
「好像不行。因為這種植物怕熱。」
回答我的，是替笨蛋蘿蔔播種過的伊娜。
「那真是遺憾。」
「雖然我不太懂什麼土或氣溫，但威爾一口氣用魔法解決不是比較快嗎？」
「不，哪兒來那麼方便的魔法。而且我也不能只顧著開墾。」
大部分的士兵原本都有在務農，所以屯田的工作應該交給他們。
而且我還有鑿井和鋪路等工作要處理。
「和在鮑麥斯特伯爵領地時沒什麼改變呢。」
「儘管還加了殺人這項工作，但這也無可奈何。話說戰事好像會拉長。」
「嗯，完全變成持久戰了。」
正在交戰的，是一群即使突然有兩萬名軍隊被擊潰也不痛不癢的傢伙們。
看來應該是無法採取一口氣進攻帝都逆轉局勢這種賭博般的作戰。
「畢竟都在種馬的飼料了。」
這是為了減少補給的負擔吧。
由於無法臨時準備牧草，因此只能以笨蛋蘿蔔代替。

野戰陣地的機能也持續擴大，逐漸化為一種防衛要塞。

這裡堆滿了魔法師們加工過的石材與木材，同時也在增設兵營和監視用的瞭望臺。

「畢竟持久戰還是有極限。再怎麼說，還是預定會在幾個月內結束。」

此時阿爾馮斯在布蘭塔克先生的陪同下現身。

身為大將的他，經常讓布蘭塔克先生擔任護衛。

「泰蕾絲好像打算將主力部隊送來這裡。」

「她應該已經把同伴都整合得差不多了吧？」

「好像是。對吧，阿爾馮斯大人？」

「北部絕大部分的諸侯，以及大部分在東部、西部和北部擁有領地的貴族，剩下就是個別參加或宣言中立的人吧？」

因為是將整個國家分成兩邊的內亂，所以必須決定跟隨其中一方。

姑且不論表面的理由為何，內心其實是必須判斷哪一邊會贏，貴族也真是辛苦呢。

畢竟就像關原合戰那樣，一旦判斷錯誤，最慘的情況就是被剝奪領地。

從貴族的角度來看，持續幾千年的家門可能會因此消滅，光是要選邊站就足以讓人胃痛吧。

「那她什麼時候能來？」

只要她以總司令的身分站在前線，就能提升我軍的士氣。

雖然危險度也會增加，但也不至於要她在最前線揮劍。

只是有必要做好親赴前線的覺悟。

「好像是明天早上。畢竟那是一支非常龐大的軍隊。」

「了解。」

那一天，我使用魔法進行野戰陣地的擴張工程。

隔天早上，泰蕾絲率領的軍隊平安現身。

「雖說是防衛戰，但阿爾馮斯擊退了數量占優勢的敵人，是大功一件。這是給你的獎勵。」

「是！」

身穿豪華的祕銀製鎖子甲的泰蕾絲，直接向前來迎接的阿爾馮斯搭話，將一個裝滿金幣的袋子交給他。

「其他人也有獎勵，晚一點就會頒發。」

「「「「是！」」」」

泰蕾絲立刻進入我們用石材打造的建築物。按照預定，接下來其他貴族也會在這裡集合，泰蕾絲打算趁這個空檔抱住我。

「本宮都聽說囉。你為了本宮表現得非常活躍呢。數日不見，你應該很想念本宮吧？」

「不！一點都不想念！」

當然，艾莉絲她們早一步圍住我，阻止了泰蕾絲的行動。

「威德林大人只是履行身為王國貴族的職責。」
「表面上是如此，但實際上確實是為了本宮。做為獎勵，你可以對本宮的身體為所欲為。」
「真是纏人……」
看見泰蕾絲一點都沒變，露易絲露出厭煩的表情。
「泰蕾絲大人，威爾大人忙著對我們為所欲為，所以沒空理您。」
「妳……明明長得這麼可愛卻說這種話……」
泰蕾絲一開始還很有氣勢，但對男女情事經驗不足的她，馬上就變得面紅耳赤。
即使是泰蕾絲，還是不擅長應付自己沒經驗過的男女之事。
「再過不久，威德林也會變得想要本宮。」
發現狀況對自己不利後，泰蕾絲放棄抱住我。
另一個理由是接下來馬上就要聚集許多貴族，舉行作戰會議。
要是反紐倫貝爾格公爵派的首領抱住外國貴族，那可不是敗壞名聲那麼簡單。
「討伐了半數的敵軍嗎？那還真是個吉兆呢。」
讓敵軍死傷半數的戰鬥，原本就是罕見的大戰果，所以當然要加以褒獎提升士氣。
不過現在的狀況也讓人無法放心感到喜悅。
「畢竟無論勝敗，都對紐倫貝爾格公爵有利。」
無論怎麼看，克拉森將軍都是被當成用來盡可能削弱菲利浦公爵家諸侯軍的棄子。

這就像是在為紐倫貝爾格公爵收拾妨礙他強化支配權的傢伙。

然而由於表面上看來是大勝利，因此負責指揮防衛戰鬥的阿爾馮斯還是獲得了讚美與獎賞。晚到的貴族們的競爭心，也因此被點燃了。

「那麼就把握這個機會，繼續擴大戰果吧。」

「雖然初戰的確大獲全勝，但紐倫貝爾格公爵是個不能掉以輕心的男人。必須先加強偵察才行。」

「泰蕾絲大人，這部分當然也會進行。不過除此之外再給敵人一次打擊，提升我方的士氣也很重要。」

雖然之前聽說除了泰蕾絲以外的選帝侯全都被紐倫貝爾格公爵抓了，但還是有一個例外。巴登公爵的公子安斯伽大人，他沒有屈服於紐倫貝爾格公爵的威脅選擇出兵。

換句話說就是捨棄了自己的父親。雖然他外表看起來是個體面的好青年，但仍是個預定繼承足以和小國之王匹敵的領地的貴族。所以有時必須為了家門和領民，選擇捨棄自己的父親。

我覺得這就是大貴族厲害的地方。

「我是安斯伽・赫爾嘉・馮・巴登公爵公子。久仰鮑麥斯特伯爵的大名。聽說您在這次的防衛戰也非常活躍。」

儘管他開口誇獎我，但同時也能在他身上看見因為大功被外國貴族搶走而產生的焦急。類似的貴族其實還不少，所以巴登公爵公子成了統領他們的存在。

感覺馬上就要發生派閥抗爭，但我一點都不想參與。

隨你們自己去搞吧。

雖然沒有正式宣告過，但與反叛者紐倫貝爾格公爵對抗的泰蕾絲被認為是最有力的下任皇帝候選人。

話雖如此，但這並不是絕對。巴登公爵公子也有機會，而他應該也配合這點開始行動了。

「為了方便進行下次作戰，目前的當務之急是整備這個野戰陣地和重新組織軍隊。」

「泰蕾絲大人，我也贊成這個意見。」

看來我方雖然分成兩個派閥，但雙方的意見並未突然產生對立。

大概是知道若輕率地掀起鬥爭，只會正中紐倫貝爾格公爵的下懷吧。

即使如此，這場會議還是讓人對未來感到不安。

「唉，真是讓人操心不完。威德林啊，快來安慰可憐的本宮。」

會議結束後，泰蕾絲突然跑來我們住的家。

「威德林啊，你看本宮這麼可憐，都不來安慰一下嗎？」

「呃……」

艾莉絲她們冷眼看待泰蕾絲無預期的來訪。

雖然我覺得突然就要應付派閥抗爭很辛苦，可惜那畢竟是其他國家的事，我根本無可奈何。

「威德林，你不安慰本宮嗎？當然是在床上。」

「噗！」

我忍不住把正在喝的瑪黛茶噴了出來。

艾莉絲變得面無表情，感覺有點恐怖，但她馬上就展開反擊。

「我知道了。沒問題，就讓泰蕾絲大人成為第六人，一起陪伴威德林大人吧。」

「呃，那就有點……」

艾莉絲做出允許泰蕾絲加入的發言，讓缺乏這方面經驗的泰蕾絲瞬間變得滿臉通紅——看起來就像是剛洗完澡一樣。

她心裡應該害羞得不得了吧。

「泰蕾絲大人也別客氣，畢竟威德林大人正因為戰爭而亢奮不已呢。」

平常的艾莉絲絕對不會說出這種話，看來泰蕾絲的誘惑真的讓她非常生氣。她對和外表與年齡相比，個性算是非常純真的泰蕾絲發動猛烈的攻勢。

「那個……這種事情……第一次的時候，還是只有兩個人做比較……」

泰蕾絲的語氣變得愈來愈結巴，最後她大聲宣言：

「我之後一定會和威德林獨處，然後做出既成事實！」

丟下這句話後，她就逃也似的跑出家門。

「這樣她會不會有點太可憐了？」

「親愛的。如果不表現出堅決的態度，之後會再出現第二、第三個泰蕾絲大人。」

「說得也是……」

不如說我不想再遇到更多麻煩事了。對我來說，盡快返回王國才是最優先事項。我要早點返回領地，回歸當冒險者和開發領地的生活……

「親愛的，雖然寢室是男女分開，但她還是上當了呢。」

「艾莉絲也很會放話呢。」

「因為她明知道會對我們造成負擔，還硬要說那種話。」

外面都是士兵，即使外出也沒什麼娛樂，不如早點休息讓魔力恢復，還比較能增加活下來的機率。

在那之前，先在艾莉絲她們的寢室陪她們聊一下天或玩一下遊戲，也有助於消除壓力和增進夫妻間的溝通。

「難得我邀她六個人一起陪伴您。」

「艾莉絲沒有說謊啊。只是陪威爾玩遊戲而已。」

伊娜邊準備桌上遊戲邊笑道。

「只是對方自己誤會了。泰蕾絲大人也太嫩了。明明只要直接夜襲威爾就好。雖然會被我察覺和阻止。」

露易絲也邊準備遊戲邊笑嘻嘻地說道。

「泰蕾絲大人出身的家族，在帝國也算是數一數二的名門。雖然她會主動誘惑，但除非威爾大人先出手，否則不容易發展成那種狀況。義父那裡也是如此，所以我知道。」

根據薇爾瑪的說明，泰蕾絲之所以總是在關鍵時刻退縮，是因為她是名門大小姐。雖然看不太出來，但艾德格軍務卿那裡似乎也一樣。

「薇爾瑪小姐真清楚呢。那麼，要從誰先開始呢，先擲骰子吧。」

像是在宣告泰蕾絲的話題已經結束，卡特琳娜催促大家開始遊戲。其實最期待這個時間的人，就是卡特琳娜。大概是因為她以前有很長一段時間都是孤獨一人吧？我喜歡這種活動，也喜歡她這種可愛的一面。

「這次一定要避免三連敗。」

「我也吊車尾過兩次，這次我想要獲得優勝。」

「那麼開始囉？親愛的。」

漂亮擊退泰蕾絲後，我們享受了一段夫妻時光，然後就寢為明天做準備。

第六話　與妹控武士的死鬥

「嘿！喝啊！」

吃完早餐並打理完畢後，我和艾莉絲她們一起走出家門，發現艾爾正認真地在相當於庭院的空間揮刀。

他不知道什麼時候弄來了瑞穗服，看起來就像個外國劍士。

在我看來，他揮刀的動作十分有模有樣。

不過這也是基於我這個外行人的判斷。

在一旁指導的遙也沒特別說什麼，只是默默地觀看。

但不愧是美少女武士，光是站著就顯得架勢十足。

真虧艾爾能不露出色瞇瞇的笑容。

「喂——艾爾。」

「是威爾啊。你覺得我的刀法如何？」

「還可以吧？」

我只是個外行人，所以別期待我能做出正確的評論。

而且我缺乏用刀的才能，就連劍術都早就放棄鍛鍊了。

如果有那種時間，不如拿來訓練魔法或弓術還比較有效率。

「別看我這樣，我個人是覺得還不錯喔。」

「是這樣嗎？」

我一問站在旁邊的遙，她就立刻露出笑容開始說明。

「艾爾先生已經變強到足以加入拔刀隊的程度。甚至能和哥哥進行勢均力敵的比試呢。」

「那還真是厲害。」

據遙所言，比起劍，艾爾似乎更有用刀的才能。

只是因為赫爾穆特王國沒有刀，所以他至今都沒發現。

雖然其實還是有少數人擁有刀，但頂多只有一些收藏家在偷偷收集。

不過真虧他能在這麼短的期間內練到這種程度。

才剛這麼想，我就看見艾爾因為遙拿手帕給他擦汗而開心不已。

艾爾的長相原本就不差，所以這畫面看起來就像是美少女經理遞毛巾給剛做完社團練習的王牌選手。大概是他原本就有用刀的才能，再加上想表現給遙看吧。

儘管動機不純，但既然是透過認真鍛鍊變強，那就沒問題了。

「（這裡有個現充在……）刀啊。那是你一開始買的那把嗎？」

「嗯。雖然是大量製造的量產品。」

艾爾將自己揮的刀拿給我看。我對日本刀不熟，所以用「分析」魔法識別材質，發現那是以純度相當高的鋼為材料。

「這是瑞穗伯國軍的隨軍鍛造師幫我做的。用的是威爾之前給我的材料。」

「啊，我準備的那個啊。」

「別忘記啦。」

我想起之前艾爾說要鑄刀，所以我隨便從地面收集鐵砂，去除多餘的成分後做成鐵塊交給他。

「鮑麥斯特伯爵大人也懂鍛造嗎？」

「不，我單純只是用魔法收集素材。」

不是我自誇，我前世的美術、生活科技和體育等實習科目全都只有拿到平均分數。這樣的我當然不可能有鑄刀的才能。

我只是使用魔法，從地面萃取出材料而已。

我如此回答遙的疑問。

「雖然我擅長從廢礦或礦毒之池收集金屬，但不懂加工。」

如果會加工，我就能當魔法道具工匠了，真是遺憾。

「不過刀匠也稱讚那是很優質的素材呢。」

若想打造出高品質的瑞穗刀，就需要鐵的純度非常高的素材。

然而若使用這個世界的技術將來自礦山的鐵礦石製成鐵，就會因為混雜鈦等物質而變成類似合金的金屬。

雖然那樣的堅硬合金也適合打造成武器，但瑞穗刀也很重視彈性，所以想打造貴重的刀時，就得特地去河床收集高純度的鐵砂。

聽說古代的日本人也會這麼做。

我前世工作的公司有個喜歡日本刀的上司，所以曾在尾牙時聽他提過這些事。

「像這麼優質的鐵，原本是不會被用來打造量產的刀。」

「喔，這樣啊。」

無論瑞穗伯國的技術再怎麼優秀，還是無法輕易將優質的鐵當成刀的材料。

因為通常去除雜質將鐵加工成鋼的工程，無論如何都得依賴魔法。

王國與帝國的下級士兵使用的劍主要是用來打擊，這些鍛造品唯一的優點是堅固又耐用。至於鍛造師親自用鐵鎚打出來的寶劍，價格可是高到下級貴族必須特地存錢才買得起的程度。

「雖然這把刀也很棒，但等我的技術提升後，我想做奧利哈鋼刀。」

「奧利哈鋼？做得出來嗎？」

若瑞穗刀和日本刀是一樣的東西，那就是將硬鐵與軟鐵組合起來製作的刀，這種刀有可能用奧利哈鋼重現嗎？

這讓我感到有些納悶。

「以一定的比例將祕銀與奧利哈鋼混合成軟祕鋼，對純粹的奧利哈鋼進行特殊加工製成硬祕鋼，最後再用瑞穗伯國的祕傳技將兩者組合起來，就是最高級的瑞穗刀。」

不愧是美少女武士。

遙原本就具備相關的知識，再加上她的外表，讓她成了最適合解說瑞穗刀的人。

「這種祕傳技術不是不能隨便告訴外國人嗎？」

「這點程度的知識，每個帝國的鍛造師都知道。不過具體的混合比例和特殊加工的方法都被禁止外傳。我對這方面也一無所知。」

「原來如此……」

瑞穗伯國祕傳的技術也太多了。

姑且不論魔刀，那把魔槍也讓我嚇了一跳。看在純正的國粹主義者紐倫貝爾格公爵的眼裡，他們應該是必須毀滅或支配的威脅吧。

就我的情況，他們只是會讓人聯想到日本、位於遠方的半獨立國，所以和他們打好關係不會有壞處。

「奧利哈鋼刀即使不灌注魔力或是定期接受工匠細心保養，也擁有足以和魔刀匹敵的攻擊力。因此很多瑞穗人都想要。」

艾爾曾在赫爾塔尼亞溪谷用奧利哈鋼劍，像切豆腐般斬斷了許多魔像。據遙所言，如果是奧利哈鋼刀，應該會更加銳利。

「艾爾，去找人幫你打造一組大小奧利哈鋼刀吧。」

「不，不可能吧。」

「就是啊。姑且不論價格，根本就沒有材料。」

按照遙的說法，現在似乎已經沒有能當成材料的奧利哈鋼。

即使有也會被拿去打造瑞穗家或重臣家的刀，現在也幾乎沒有庫存。瑞穗伯國內目前也沒發現新的奧利哈鋼礦山。

「我有材料！」

在未開發地與赫爾塔尼亞溪谷的礦山挖掘出來的奧利哈鋼都在我這裡，而且從小時候開始，就算只發現微量的反應，我也會冒著浪費魔力的風險收集。

畢竟奧利哈鋼的產量非常稀少。

「我發現了有潛力的大規模礦床，在花費數十年採掘後，終於挖出了兩百公斤。」

「這次的礦床中了大獎呢。」

在從事礦業的人之間，甚至還會進行這樣的對話。

不如說從古代遺跡出土的奧利哈鋼製品，才是奧利哈鋼的主要來源。

「你將那把奧利哈鋼劍給我，然後我幫你出兩組大小刀的材料。」

「這樣好嗎？」

雖然只提供材料，但我是用能做兩組大小瑞穗刀的奧利哈鋼換一把劍。

艾爾知道即使把加工費也算進去，還是我這邊比較吃虧。

「畢竟給我刀也沒用……」

如果是劍，至少有機會砍死一個敵兵。

然而就算勉強讓我拿刀，現在的我也一定無法好好使用。

雖然身為前日本人的我對刀有些憧憬，但不會用也沒意義。

還是讓艾爾拿最有效率。

「畢竟艾爾可是我的最後防線呢。」

「那的確是我的工作。」

「所以你就收下吧。」

我將一塊奧利哈鋼交給艾爾。

這是我庫存的一半，不過有這些應該就夠打兩組刀了。

「會不會太多了？」

「或許夠打三組也不一定？總之能做多少就做多少吧。」

我拜託艾爾去訂刀。

「威爾要一起去找鍛造師嗎？」

「參觀嗎？聽起來不錯。」

在遙的帶領下，我和艾爾一起前往瑞穗伯國軍大本營旁邊的野戰工房。

隨軍鍛造師與魔法道具工匠都在這裡製造和維修武器與防具。

幾十名鍛造師與魔法道具工匠都在鑄刀或維修魔槍。

「這不是艾爾文大人嗎？我打的刀怎麼樣？」

向艾爾搭話的，是一個有點年紀但看起來經驗豐富的刀匠。

他穿著類似工作服的衣服，用手帕擦著汗走向我們這裡。

「用起來很順手。」

「那真是太好了。話說您旁邊這位，是鮑麥斯特伯爵大人吧？」

「沒錯。其實我的主人有事想委託你……」

「要委託我鑄刀嗎？啊，抱歉我還沒報上名號。我是瑞穗家的專屬鍛造師，第八十七代兼定。」

這名字一聽就讓人覺得是很厲害的刀匠。

瑞穗伯國似乎也有代代將鑄刀當成家業的人。

「我是威德林・馮・班諾・鮑麥斯特。其實我想請你用奧利哈鋼鑄刀。」

我一說完，艾爾就將那塊奧利哈鋼交給兼定。

「真虧您能取得這麼多奧利哈鋼。這分量應該夠打兩組大小刀和一把懷刀。」

不愧是名刀匠。

一看見這塊奧利哈鋼，就馬上說出能打幾把刀。

「請用這個幫艾爾鑄刀。」

「我知道了。」

「兼定先生，不會給您帶來麻煩吧？」

艾爾似乎很尊敬兼定先生，與他講話時語氣非常恭敬。

「艾爾文先生的技術以驚人的速度成長。我本來就覺得你應該很快就會需要。而且我也很想用奧利哈鋼鑄刀。別看我這樣，我可是個貪心的鍛造師。」

奧利哈鋼本身非常稀少，所以一般人很少有機會用這個鑄刀。

對鍛造師來說，似乎是令人憧憬的素材。

「雖然這麼說可能有點太自負，但我可是被稱為實力足以和初代兼定匹敵的鍛造師。我一定會為各位打出名刀。」

「真是令人放心。那我也特別提供優惠吧。」

我從魔法袋裡拿出另一半的奧利哈鋼。這次的分量比之前拿出來的稍微多一點。

「這樣應該夠打五組大小刀和一把懷刀。」

「什麼時候交貨都行。請做出能讓你自己滿意的成品吧。」

「非常感謝。」

我另外又給了兼定先生少量祕銀和自己調整過成分的鐵塊，當做材料與報酬。

「鮑麥斯特伯爵大人能用魔法精製出優質的鐵啊。大家看見這些鐵一定會很高興。」

「那就拜託你了。」

順利提出鑄刀委託後，我們三人一回家，就發現門口站了幾名瑞穗人。從服裝來看，應該是地位相當高的重臣。

「鮑麥斯特伯爵大人。請將您提供材料委託刀匠製作的瑞穗刀賣給我！」

「不，請賣給我！就算要我把女兒嫁給您也行！」

「我願意出錢！三十萬兩夠嗎？」

「我出四十萬兩！」

他們似乎很快就掌握到我帶了大量奧利哈鋼去野戰工房的消息，以驚人的氣勢跑來拜託我在刀子完成後賣給他們。

「喔。發生了這樣的事情啊。」

我一在當天吃晚餐的時候提起這件事，布蘭塔克先生就興致勃勃地向我打聽詳情。

「瑞穗刀是劍士的驕傲，也是靈魂。」

「雖然我能理解珍惜這種東西的心情……」

遙以淺顯易懂的方式，向大家說明那些想取得奧利哈鋼刀的同胞有多拚命。

伊娜似乎能夠理解為何要珍惜能拯救自己性命的武器，但似乎不太了解為何會扯到驕傲和靈魂。

她因此露出困惑的表情。

「艾莉絲能明白嗎？」

我只知道古代的日本武士非常珍惜自己的刀。

但這終究只是知識，我個人對刀並未抱持那麼深厚的感情。

頂多只覺得有些憧憬，還有認為「必須好好珍惜」。

「舉例來說，就像珍惜修道服和聖書那樣。」

「說得也是。雖然會珍惜，但神也說『不要執著於物』……」

這應該是為了教導人抑制物欲，但艾莉絲已經明白瑞穗伯國與她在宗教方面的觀念不合。

實際上，也有很多神官非常喜歡錢與奢侈品。

「瑞穗伯國也並沒有特別執著於物。不如說，這只是在提醒人必須盡可能珍惜別人為自己打的刀。」

「如果這樣的想法，那我就能理解。」

其實我完全無法理解宗教與哲學的事情。

雖然我只是隨便說說，但伊娜像是果然無法理解般繼續歪著頭思考。

至於導師則是專心在用餐。

他對這種事似乎完全沒興趣。

導師應該只重視自己的肉體吧。

「說刀是值得託付性命的夥伴，應該會比較好懂吧？」

「沒錯，艾爾先生，就是這樣。」

遙平常是個文靜的女性。

她是個無懈可擊的一流劍士，但有些地方還是像日本的傳統女性。

然而只要和艾爾在一起，她就會開心地說許多話。

「（看來艾爾有機會喔？）」

身為艾爾的好友，我自然是樂見其成，而且這樣也能與瑞穗伯國建立關係。

畢竟那個國家有許多讓我懷念不已的日本產物。

「所以你和遙現在狀況如何？」

「我覺得勝利就近在眼前。」

吃完晚餐後，我把艾爾單獨找出來詢問，結果和我預料的一樣真的是有希望。

「不過還有一個問題……」

遙的哥哥似乎吵著說「至少也要實力和我不相上下才有資格談這件事」。

我覺得他根本就像個頑固的老頭。

「身為陪臣家的下任當家，這樣不會有問題嗎？」

厲害的武士……其實就和陪臣差不多……遙的老家原本就是弱小的陪臣家，現在之所以獲得優待，只是因為家裡有一對刀法優秀到能被選進拔刀隊的兄妹。

既然原本就是小家族，又不能保證自己將來的小孩也具備加入拔刀隊的實力，那對妹妹夫家的家世應該不會有太多要求。

「作為結婚對象，遙的狀況有點微妙呢。」

因為沒有顯赫的家世，所以無法成為大陪臣家的正妻，即使有家族願意接受她，她的刀法也比丈夫好。

在重視用刀技術的瑞穗伯國，刀法遠比丈夫厲害的妻子似乎是棘手的存在。

「所以其他隸屬拔刀隊的女性也都是單身。」

再加上哥哥的存在。

他疼愛妹妹，經常將「與其嫁去奇怪的地方受苦，不如一直留在家裡」掛在嘴邊。

簡單來講，他就是俗稱的「妹控」。

因為太過疼愛妹妹，所以不希望她嫁人。

「我和遙的哥哥應該有見過幾次面吧？」

「嗯。」

他年輕又具備頂級的實力，所以瑞穗上級伯爵曾經介紹他給我認識。

我記得他是個看起來個性非常認真的青年，沒想到居然是這種人。

「我去問問看遙的哥哥吧……」

「拜託你了。以我現在的實力，還要好幾年才能和遙的哥哥匹敵。」

艾爾似乎有自信能追上遙哥哥的刀法。

實際上他真的很有天分，所以也不全是在吹牛。

「要是得等那麼久，遙一定會錯過婚期。」
「喂！你這傢伙！」
要是被泰蕾絲聽見，艾爾可是會因此惹禍上身。
我連忙摀住艾爾的嘴巴。
「總之只要直接去問遙的哥哥就行了吧。」
「拜託你了，威爾。」
隔天早上，我在艾爾和遙的陪伴下前往瑞穗伯國軍的陣地。
到了拔刀隊的兵營後，我發現遙的哥哥正在進行刀術訓練。
「這不是鮑麥斯特伯爵大人嗎？遙平常受您照顧了。」
「你好。」
遙的哥哥給人的感覺既認真又清爽，看起來果然不像是個妹控，他停止練習，以開朗的聲音向我打招呼。
「遙有幫上您的忙嗎？」
「她實力堅強，以我的劍術應該永遠贏不過她吧。」
我一誇獎遙的刀法，他就變得非常開心。
此外能確認妹妹平常的表現，似乎也讓他鬆了口氣。
他果然是最喜歡妹妹的妹控。

「其實我有些事想跟你……」

「不行！不行就是不行！」

我立刻準備開啟話題，但突然就被拒絕。

他幾乎是靠本能察覺我想拜託他什麼事。

「哥哥？什麼事不行？」

「遙不用知道沒關係！」

「？？？」

「（咦？）」

此時我發現一件事實。

看來遙的個性太過認真，所以缺乏那方面的知識。

她到現在還沒發現自己可能會嫁給艾爾。

遙對艾爾抱持的好感，可能單純只是因為她腦袋裡只有劍，所以才對和自己有關的艾爾進步神速感到高興。

「總之我們先談談……」

「不行！我絕對不答應。我才不會讓可愛的妹妹去國外！」

站在哥哥的立場，應該不希望可愛的妹妹嫁到國外吧。

雖然我也能拜託瑞穗上級伯爵，但即使上級強迫他接受，在感情方面還是會留下疙瘩。

所以還是設法獲得他的諒解比較好。

「艾爾到底哪裡不好？」

「雖然他很有才能，但還不夠成熟！」

「那你到底想讓她等幾年？」

「這個……」

儘管希望能將可愛的妹妹留在身邊，但身為哥哥，實在不應該因為自己的問題妨礙妹妹的婚期。遙的哥哥似乎一直在心裡煩惱這件事。

「……讓遙在國外生活，還得考慮文化的差異……」

「我覺得這並不需要特別擔心……」

又不是語言不通，而且我們的飲食習慣也因為我而偏向瑞穗。

再加上等協助帝國平定內亂後，作為給我的回禮，我打算申請和瑞穗伯國交易。這樣我就能定期來這裡買購物，到時候遙應該也能充當優秀的嚮導。

只要有「瞬間移動」，她隨時都能回娘家。

「可是……」

「就算你繼續像個孩子般耍賴也沒意義吧？」

如果遙本人不願意，我也不打算勉強她。

畢竟還有許多候補人選，艾爾也不期望我那麼做。

不過如果只是因為哥哥反對，那我可不打算退縮。

「能讓我託付遙的男人，必須夠強才行。」

「可是啊……」

想娶我妹妹就先打倒我這個哥哥……如果這是故事倒還好，是現實就很麻煩。

我不認為有人能同時滿足是比遙的哥哥還強的男人，現在喜歡她，娶她後還能為家門帶來好處這幾個條件。

既然如此，讓遙擔任鮑麥斯特伯爵家與瑞穗伯國之間的橋梁也不壞。

只要告訴瑞穗上級伯爵，他應該馬上就會答應。

「必須是能夠戰勝我的男人才行。」

再過幾年以後，艾爾的實力應該會進步到至少能與遙的哥哥匹敵的程度。

明明能預見這樣的未來，卻必須等上好幾年。

希望遙的哥哥至少能認同艾爾的潛力。

「艾爾再過幾年應該就能做到吧？」

「現在做不到就不行！總之不行就是不行！」

遙的哥哥非常頑固。

儘管主要是基於感情因素，但這或許是因為他出身弱小的陪臣家，所以從來沒想過要透過政治聯姻擴大家門。

那麼，到底該怎麼讓他認同呢。

「不然艾爾別用刀，用劍戰鬥如何？」

「不，以我現在的實力，即使用劍也贏不了。」

在我看來，艾爾的劍術算是相當優異，但遙的哥哥還在他之上啊，在瑞穗伯國，似乎也只有幾十個名人比遙的哥哥厲害。

「（要不要姑且試一次看看？或許還是有機會贏。）」

「（要是輸了，一切又會回到起點。）」

「（說得也是……）」

既然遙的哥哥都說必須贏過他才能娶遙，那就必須設法打倒他了。

「不然由鮑麥斯特伯爵大人代替他也可以。」

「咦！我？」

遙的哥哥突如其來的提議，讓我感到非常困惑。

「鮑麥斯特伯爵大人是艾爾文大人的主人。如果您夠強，那也能讓我放心。」

我完全不懂這和我有什麼關係。

畢竟我並不打算娶遙，而且我的劍術也比不上艾爾。

「你知道我的劍術實力嗎？」

「不。我想和鮑麥斯特伯爵大人的魔法戰鬥。那才是您最強的武器吧？」

「魔法嗎？」

我開始懷疑遙的哥哥該不會是個嚴重的戰鬥狂。

用刀與魔法對抗。

雖然這算是異種格鬥戰，但沒想到遙的哥哥居然會以這種形式對我發出挑戰。

「威爾，拜託你了。」

「唔唔……我知道了……」

畢竟這是好友兼家臣的艾爾的請求。

我答應和遙的哥哥決鬥。

「別使用規模太大的魔法喔。」

「還有不可以殺人。」

「我知道啦。」

「如果不事先提醒，伯爵大人的魔法有時候可不是鬧著玩的。」

「沒錯，那威力堪比天災。」

「你們到底把我想成什麼樣的破壞狂啊？（話說你們有資格說別人嗎？）」

「「……」」

「這種時候就算是開玩笑也該正常回答吧。」

明明是為了讓遙的哥哥認同艾爾和遙的婚事才去見他，結果不知為何我現在卻被迫在瑞穗伯國軍充當練兵場的草原和他決鬥。

也不曉得消息是從哪裡傳出去，草原周圍聚集了包涵泰蕾絲、阿爾馮斯和瑞穗上級伯爵在內的許多觀眾。布蘭塔克先生和導師也不知從何時開始成了我的助手。

因為一直在擴展野戰陣地和屯田，大家都很缺乏娛樂。

所有人都各自吃吃喝喝地在參觀，讓我莫名地產生殺意。

這又不是在看摔角或棒球比賽……

「別大意啊。」

「這是當然。」

雖然不能使用太強的魔法，但遙的哥哥持有魔刀。我還沒實際被魔刀攻擊過，因此難以預測魔刀能打破多強的「魔法障壁」。

「從魔刀的性質來看，初級魔法師一個不小心就會被砍倒吧。」

「那是專門對付魔法師的武器嗎？」

「這無法確定呢，因為如果沒有爆發戰爭，根本也沒什麼機會砍殺貴重的魔法師，但可能性很高！」

雖然導師說得沒錯，但遙的哥哥或許是想藉由和我進行實戰形式的決鬥機會，來掌握其中的訣竅。

「親愛的，小心別受傷喔。」

「我頂多只會受艾莉絲治得好的傷。」

艾莉絲擔心地向我搭話，為了讓她放心，我開了個小玩笑。

「威爾，我認為遙的哥哥比艾爾還強上一截。」

「原來如此，我只隱約覺得他好像很厲害。」

儘管刀和槍有所差異，遙的哥哥強悍的實力，還是讓伊娜嚇了一跳。

我只隱約知道他應該比艾爾強。

雖然我能大致看出魔法師的實力，但我對刀術一竅不通。

「威爾以前明明也接受過劍術訓練。」

「既然沒有才能，那也無可奈何。」

「雖然我覺得魔法應該不會輸，但威爾施展『魔法障壁』時，還是別太節省魔力比較好。」

露易絲也對隔了約二十公尺與我對峙的遙哥哥的實力感到警戒。

「不可以被他拉近距離。」

「連續發射小型魔法，總之不能讓對手搶得先機。」

聽完薇爾瑪和卡特琳娜給我的忠告後，我準備與遙的哥哥戰鬥。

「雖然我完全不曉得為什麼事情會變這樣……但正常來講，應該是要讓艾爾與他戰鬥並引發奇蹟，在遙的哥哥說出『你還滿行的嘛』後收尾嗎？」

然而不知為何，我居然得因為是艾爾的主人而被迫戰鬥。
這實在太莫名其妙了。
「那個人該不會是戰鬥狂吧？」
「可以確定他對自己的要求很高。或許他是想要獲得能和魔法師抗衡的力量。」
「我是他的實驗對象啊……」
「非常抱歉，哥哥他……」
我忍不住向艾爾抱怨，但看見在一旁道歉的遙後，我也不能放棄這場勝負。
畢竟只要我贏了，至少就能確定遙的哥哥會同意遙和艾爾結婚。
「唉，算了。只要我獲勝就好。」
我為了安慰遙隨口說道，其實我心裡也確信自己會贏。
只要我使用「魔法障壁」，不管怎麼想對方的攻擊都不可能奏效。
「那麼開始吧。」
「鮑麥斯特伯爵大人，一決勝負吧。」
艾莉絲他們從我身邊離開，在布蘭塔克先生朝上空發射充當信號的火球的同時，這場比賽就開始了。既然對手的武器是刀，那不接近我就沒意義。
至於我則是從外圍慢慢用魔法對他造成傷害會比較好，於是我用魔法製造大量碎石，錯開時機射向遙的哥哥。

只要打中幾發，他就會失去戰鬥能力。

畢竟總不能在他妹妹面前殺了他。

而且他的主人瑞穗上級伯爵也在觀戰。

「太天真了！」

然而遙的哥哥拔刀後以電光石火的動作，將碎石接連斬落。

他的動作，簡直就像是某某三世裡那位使用斬鐵劍的高手。

「真的假的！」

碎石全被斬落後，我換對遙的哥哥連發小型的「火炎球」。接著他拔出作為王牌的第三把刀

——魔刀。

遙的哥哥一揮動隱約散發藍白色光芒的刀身，火球就接連發出「滋」的聲音消失。

「水屬性嗎？」

「因為魔刀能夠調整使用的屬性和魔力量！」

接著我連續放出小型「風刃」，但這些攻擊也被散發黃色光芒的刀身接連化解掉。

他用土屬性的魔力包覆刀身，消滅了「風刃」。

「（瑞穗的魔刀會不會太強了點？）」

高手級的魔刀使用者，應該能輕易斬殺較弱的初級魔法師。

難怪紐倫貝爾格公爵會警戒他們。

「（看來不能讓他接近我。）」

魔刀的缺點，就是一旦內藏的魔晶石魔力用盡，就會變成普通的刀。

既然如此，只要盡可能消耗那些魔力，同時不讓他靠近就行了。

由於「火炎球」等級的魔法無法阻止他前進，我從魔法袋裡拿出師傅以前送我的那把沒有劍身的劍。

我立刻做出火炎劍身插進地面，朝遙的哥哥連發沿著地面前進的「炎蛇」。

「嘖！」

雖然當然不可能打中，但遙的哥哥為了迴避我的攻擊，只能停止前進。

這段期間，我緩緩退到後方。

「你覺得『冰蛇』、『地走』和『鐮鼬』哪個比較好？」

我不期待遙的哥哥會回答，因此接連施展假動作，連續發射魔法。

總之先遵照卡特琳娜和薇爾瑪的忠告，不要讓他靠近。

萬一太慢展開「魔法障壁」，我一定會輸掉。

「魔刀沒有不可能。」

遙的哥哥持續閃躲我的魔法，在大幅橫向移動後，將魔刀插進地面。

刀身瞬間發出紅色光芒，宛如著火的導火線般的火炎朝我襲來。

看來他模仿了我的魔法。

「（明明不是魔法師，魔刀真是可怕的武器，不過……）」
我就是在等這個。
儘管我覺得很厲害，但這種攻擊會消耗魔刀剩餘的貴重魔力。
遙的哥哥不是魔法師，只要失去魔刀的魔力，就會變回普通的優秀劍士。
實際上用「冰蛇」抵銷了幾次那種魔法後，他的魔刀就失去了光芒。
「呵呵，您以為我的魔刀魔力用完了嗎？」
遙的哥哥突然打開魔刀的刀柄，拆下魔力用盡的魔晶石，從懷裡取出備用的魔晶石裝進去。
真是令人震驚的事實。
沒想到魔刀內藏的魔晶石魔力用盡後，居然能像換電池那樣交換。
「不過這樣下去只會沒完沒了。請接下我使出渾身解數的一擊吧。」
沒等我回答，遙的哥哥就直線衝向我。
我焦急地連發「火炎球」阻止他接近，但他用力揮舞魔刀，只一擊就化解了我所有的攻擊。
「什麼！」
他不節省魔力，試圖一口氣逼近我。
我們的體能原本就有一段差距，所以我來不及後退。
遙的哥哥已經近在眼前，因此我改施展直徑約一公尺的火球防禦，但這也被纏繞水屬性魔力的
魔刀從正中央一擊砍成兩半。

「『魔法障壁』！」

我和遙的哥哥已經幾乎貼近彼此。

一旦被他接近到這種程度，我就只剩下持續施展「魔法障壁」抵擋攻擊這條路。

因此我只能選擇使用「魔法障壁」，但不知為何，我突然有股不祥的預感。

雖然這只是直覺，但如果無視這種感覺，通常都會倒大楣。

於是我將「魔法障壁」施展得比平常厚實，結果證明我的預感正確。

「瑞穗新陰流奧義『牙狼突』！」

遙的哥哥將魔力集中在魔刀前端，試圖藉此突破障壁。

我的判斷正確，他這一擊幾乎貫穿比平常厚實的「魔法障壁」，只剩下最後薄薄的一層。

如果沒有相信直覺，我就會因為要害被魔刀貫穿而落敗。

雖說因為不是互相殘殺，所以我有降低魔法的威力當作讓步，但還是差點敗北。

「是我輸了。」

一發現全力的一擊沒打中我，遙的哥哥就將魔刀收進刀鞘認輸。

「因為我有股不祥的預感，要是我沒強化『魔法障壁』，輸的人就是我。」

「那股預感，也是鮑麥斯特伯爵大人透過自身的鑽研取得的東西。」

「你真強呢。」

「不，我還不夠成熟。關於遙的事情，既然我已經輸了，那也只好承認。只要待在鮑麥斯特伯爵大人身邊，遙應該會很安全。艾爾文應該也馬上就會變強。」

「那真是太好了。」

這樣特地舉行這場決鬥也算是有價值。

而且這麼一來，總算沒有其他因素會阻礙遙和艾爾的婚事了。

「遙小姐。」

「艾爾先生。」

至於身為當事人的艾爾和遙，則是正在互望彼此。

再來就是艾爾展現骨氣的時候了。

「等這場戰爭結束之後，妳願意來鮑麥斯特伯爵領地嗎？」

「是的，我很樂意。」

遙毫不猶豫地答應了艾爾的求婚。

「艾爾小子總算也要結婚了。」

「真是太好了。」

「威德林不打算像那樣跟本宮求婚嗎？」

「不，那不可能吧。」

「阿爾馮斯。你不需要只有在這種時候冷靜回答。」

雖然有些局外人很吵，但幸好這件事總算順利告一段落。

周圍的視線，全都集中在求婚完畢的艾爾和答應求婚的遙身上……

照理說應該是這樣，但此時發生了一場出乎意料的意外。

遙接著說出驚人的臺詞。

「我很樂意擔任艾爾先生的劍術老師！」

「咦？」

雖然艾爾剛才是打算求婚，但遙似乎只以為哥哥總算允許她去鮑麥斯特伯爵領地擔任艾爾的劍術老師。

她以為自己的哥哥只是反對妹妹去國外。

遙出乎意料的回答，讓艾爾驚訝地睜大眼睛。

「這麼說來，有人提過艾爾想娶遙嗎？」

仔細想想，的確是沒直接提過結婚的事情。

至少我是沒有。

「那遙小姐的哥哥呢？」

「非常抱歉……我只有提到反對她去鮑麥斯特伯爵領地……」

雖然劍術才能也是原因之一，但遙的哥哥基本上是個妹控，原本就不容許妹妹嫁人，所以似乎完全沒對她施行過相關的教育。

遙既漂亮又擁有劍術才能，此外也很擅長料理和裁縫，這些都讓人覺得她很符合日本傳統女性的形象，但她腦中好像幾乎沒有和戀愛或結婚有關的知識。
「請問你的妹妹有被拔刀隊的同僚搭訕過嗎？」
「那些不像話的傢伙，都被我透過訓練重新教育過了。」
由於兄妹都在拔刀隊，因此為了不讓遙被奇怪的人纏上，遙的哥哥似乎已經奮戰過了。
這男人簡直就是妹控的楷模。
「我會去向瑞穗上級伯爵取得許可，身為下任當家，請你好好跟你的妹妹說明一下。」
「請容我拒絕。」
遙的哥哥立刻拒絕。
「（不愧是妹控……）我不承認。叫你去就去！」
只有這點不能退讓，我加重語氣命令遙的哥哥。
「遵命……」
我用力抓住遙哥哥的雙肩，成功說服了他。
雖說是其他國家的貴族，但這男人居然敢拒絕伯爵的要求，真是個可怕的妹控。
因為外表和舉止就像個古典風格的劍士，所以應該很少人發現這個男人心裡流著妹控的本能吧。
「再來就只剩下獲得瑞穗上級伯爵的許可了。」
確認再也沒其他因素阻礙艾爾和遙的婚事後，我發自內心地鬆了口氣。

第七話　最後還是得幫忙收拾殘局

「嗯——呃……還算能吃。」

「一點都不好吃。」

「畢竟只是馬飼料。」

與遙的哥哥決鬥後過了兩個星期，持續留在這裡布陣的我們今天也在做完魔法訓練後，為了興趣研究料理。

在瑞穗伯國軍陣地內的鍛鍊所角落，我們三人將大鍋子放在魔導行動火爐上燉煮料理。最近的課題是研究如何活用在野戰陣地的田裡被當成馬飼料大量種植的笨蛋蘿蔔。

該怎麼將這個難吃的笨蛋蘿蔔做成美味的料理呢。

正因為是個非常困難的難題，才能消磨時間……不對，才會讓人產生幹勁。

「威德林真愛做些奇怪的事情。」

「人類不吃東西就無法活下去喔。」

「唉，隨你高興吧。本宮有很多事要忙。」

即使必須常駐已經擴張完畢的野戰陣地的泰蕾絲對此感到傻眼，我還是持續實驗。

紐倫貝爾格公爵率領的反叛軍勢力，也因為警戒這個野戰陣地而在附近配置了幾支數千人不等的部隊，但至今仍未有派出大軍的跡象。

根據密探的情報，他在試圖控制中央與靠近南部的東西方地區時，似乎陷入了出乎意料的苦戰。

在那些當家沒被當成人質的貴族中，有些牆頭草會選擇反抗。

「雖然我們這邊也是一樣。」

除了菲利浦公爵家以外的另一個加入我方的選帝侯巴登公爵家，似乎為了掌握主導權而開始策劃各種陰謀。

討伐完反叛軍後，皇帝的候補人選就只剩下兩個，這讓他們逐漸變得貪心。

因為現在大家還有相同的目標，所以還沒完全演變成互扯後腿的情況，但巴登公爵公子對現況感到焦急，開始提議進攻幾個據點或城鎮。

得知初戰大捷後，他也想立下戰功鞏固自己的立場。

他邀約其他貴族組成派閥，反覆向泰蕾絲提出進攻的建議。

身為總司令的泰蕾絲認為應該慎重行事。她對紐倫貝爾格公爵的軍事才能有很高的評價，認為急躁行事只會增加風險。同時她也從巴登公爵公子身上，感覺到類似焦急的情緒。

巴登公爵公子想搶在泰蕾絲前面取得優勢，和他一起組成派閥的其他貴族，也同樣急著想在這場內亂中好好表現，獲取地位和領地。雖然這種心情是貴族的本能，但焦急確實是禁忌。

我一點都不焦急。只想早點回去。

「這道燉煮料理，用普通的蘿蔔比較好吃。」

「我還以為只要用味噌煮就能成功……」

魔導行動火爐上的大鍋子裡放了用味噌醃過的內臟與蔬菜，正發出「滋滋滋」的燉煮聲。

「雖然普通的蘿蔔的確比較好吃，但也不算難吃。」

導師將鍋子裡的燉味噌料理盛到碗裡，開始享用。

布蘭塔克先生稍微試了一下味道後，就放棄繼續吃。

「果然笨蛋蘿蔔本身的味道太差了。」

我邊想著今天也失敗了，邊從魔法袋裡拿出其他魔導行動火爐，再從同一個袋子裡拿出大鍋子開始加熱。

鍋子裡裝的是甜酒，我同時從上方用魔法加熱，甜酒幾分鐘後就被加熱到適合的溫度。

「布蘭塔克先生，你要喝嗎？」

「要喝。因為不能一大早就開始喝酒，所以有甜酒真是太令人高興了。」

現在天氣還很冷，所以我跟去瑞穗伯國軍陣地的旅行商人買了酒糟，打算煮酒糟湯。

瑞穗料理幾乎都是日本風格，和我的口味很搭，讓我非常高興。

「請別喝太多啊。艾莉絲她們做好早餐後會送過來。」

「我知道啦。」

「在下也要一杯。」

吃完被我和布蘭塔克先生認定是失敗作的燉味噌料理後，導師也來跟我要甜酒。

導師不管吃再多都不會影響到早餐，所以沒有人提醒他。

「請用。」

「寒冷的早上，喝這個最適合了。」

「你們三個在幹什麼啊？」

「只是正常地在等艾爾你啊。」

「快住手，這樣很丟臉耶──！」

許多瑞穗伯國的士兵和武士都在旁邊拚命訓練，但我們毫不在意周圍的視線，自顧自地用魔導行動火爐煮料理。

這樣確實是滿墮落的，但反叛軍就是這麼沒動靜，讓我們閒得發慌。

「我們又沒有像巴登公爵公子那樣煽動大家發動攻勢，所以沒關係吧。」

「嗯，伯爵大人說得沒錯。再給我一杯甜酒。」

「請別在意我們，繼續訓練吧！在下也要再來一杯。」

「我會在意！」

艾爾似乎覺得我們的存在非常丟臉。

不過是用鍋子煮料理，應該不需要那麼在意吧。

「你要喝甜酒嗎？」

「……要……」

即使如此，他似乎還是想喝甜酒。

他從導師那裡接下裝甜酒用的杯子。

「遙也要喝嗎？」

「是的。」

站在艾爾旁邊的遙，也從布蘭塔克先生那裡收下杯子。

「唉，既然必須等待，那適度放鬆也很重要。」

布蘭塔克先生說得沒錯，雖然戰爭這種東西當然是愈早結束愈好，但因為焦急而敗北也沒意義。

戰爭有時候也需要等待。

「若戰爭早點結束，艾爾就能早點結婚，所以我能理解你們為什麼這麼急。」

我一指出這點，遙就羞紅了臉。

美少女武士臉紅的樣子，實在是個很棒的畫面。

艾爾表面上仍維持平靜。

他現在已經比較習慣和女孩子相處，所以不會明顯地表現出害羞的樣子。

「哎呀。我也不想在結婚前就因為焦急而戰死，所以可以理解為何要等待。我想說的是拜託你們別在鍛鍊所旁邊煮火鍋啦……」

「肚子餓了就無法戰鬥。我在研究如何有效活用一般只能拿來當家畜飼料的笨蛋蘿蔔。」

「乍聽之下好像有點道理，但外觀看起來一點都不像那樣。」

由我、中年男子和初老男子組成的三人組專心觀察火鍋狀況的樣子，讓艾爾不禁露出傻眼的表情。

最後瑞穗上級伯爵和遙的哥哥都承認了艾爾的婚事，所以兩人的婚約正式成立。

不過遙起初非常動搖，因此又多費了一番工夫。

「和我結婚嗎？」

遙本人似乎完全沒發現艾爾的感情。

她原本就不太懂戀愛，以為自己會一輩子單身追求劍道。

這也是因為她認為沒有男人會娶自己。

「如果妳討厭艾爾，我們也不會逼妳。」

「不。我並不討厭……反倒是艾爾先生真的不嫌棄我這種女人嗎……」

遙在拔刀隊裡也算美女，但對她有邪念的人都會被哥哥排除，即使是練習的時候，也會被其他討厭輸給女人的隊員敬而遠之。

所以她只能和少數的女性隊員、哥哥和比自己強的隊員練習。

從她的角度來看，認真向女性學習劍術的艾爾應該是個讓人有好感的男性吧。

即使對艾爾來說，能接受遙的指導本身就算是獎勵。

「既然艾爾已經同意，剩下就看遙怎麼想了。」

「我嗎……」

「沒錯。一切都由妳來決定。」

「鮑麥斯特伯爵大人真是個怪人。你明明可以直接強制命令我。」

「我是個膽小鬼啊。我可不希望被懷抱不滿的家臣之妻突襲。所以不會勉強妳。」

「原來如此。我打算接受這門親事。」

「那真是太好了。」

「一直以來，只有拔刀隊的女性同僚、哥哥和艾爾先生將我當成女性看待。而且艾爾先生平常對我很溫柔。」

艾爾徹底迷戀上遙這個瑞穗美女，所以當然會對她很溫柔。

不過艾爾理所當然的舉動，讓她感到非常開心。

她稍微紅著臉，開心地接受了我的請求。

「那就這麼決定了。」

於是艾爾和遙的婚約就這樣順利定下來了。

雖然瑞穗上級伯爵提出了「可以找身分更高的陪臣之女」這種符合貴族風格的意見，但在看見艾爾和遙都同意後，他就乾脆地退讓了，遙的哥哥也無法違抗上級的命令。

加上他在之前的決鬥中輸給了我，所以表面上欣然接受了妹妹的婚事。

相對地，每天早上周圍的人都會以怨恨的眼神看著兩人開心地鍛鍊，也成了知名的場景。
比起介意我們在一旁料理，艾爾還是先處理好自己的事比較重要。
還有就是婚事確定後，覺得非常幸福的艾爾變得有點煩。
「唉，別因為興奮過頭而戰死啊。自古以來，只要有士兵說『等這場戰爭結束後，我就要結婚了……』，就會有很高的機率戰死。」
「我從來沒聽過這種事。」
「咦？我還以為這很有名。」
「這到底是出自哪本故事書的知識啊……」
看來地球常用的死亡旗標，在這個世界並不存在。
至少艾爾是不知道。
「我知道喔。」
「伊娜知道耶。」
「伊娜啊……那果然不是出自故事。」
「不過作者在後記有提到那是自己過去的經驗。其他還有『孩子馬上就要出生』等等……」
果然這世界也有這類型的設定。
「這對夫妻居然一起烏鴉嘴……等戰爭結束後，我要和遙小姐一起幸福地舉辦婚禮。」
處在幸福顛峰的艾爾，徹底無視我和伊娜的發言。

我也覺得這話題很危險，所以希望他別太得意忘形。

「比起我們的料理，還是得先處理這鬱悶的氣氛。」

我們的料理並沒有哪裡不好。

導師正在發甜酒給想喝的人，大家對此都很高興，因為鍛鍊後喝營養豐富的甜酒有益健康。

沒錯，甜酒是健康食品。

這和社團活動結束後喝運動飲料沒什麼兩樣。

「拔刀隊的大人物也這麼說，難道就沒有什麼辦法嗎？」

遙的哥哥現在仍怨恨地看著艾爾和遙。

雖然他有好好鍛鍊和工作，但拔刀隊的幹部們似乎曾向艾爾抱怨「這樣下去氣氛會變差，快想想辦法」。

感到同情的導師也有分甜酒給遙的哥哥，但他一喝完就繼續用怨恨的表情凝視艾爾。

「遙，妳哥哥有什麼喜歡的東西嗎？」

「呃……刀。」

真是非常簡單易懂的回答。

這對兄妹還真像。

「既然如此……喂——遙的哥哥。」

「鮑麥斯特伯爵大人，請直接叫我武臣……」

雖然遙的哥哥因為可愛的妹妹被搶走而怨恨地看向艾爾，但對我這個曾在決鬥中戰勝他的伯爵極為恭敬。

我一呼喚，他就恭敬地低下頭回答。

「其實我想拜託你幫忙試一下之前託人打造的奧利哈鋼刀。」

兼定先生在這段短短的期間內，已經完成兩組大小刀。

他請我找人試用，於是我便拜託武臣先生。

「艾爾的刀法還不夠熟練。所以我想拜託武臣先生幫忙試……」

「請交給我吧！沒想到在有生之年，居然能試用奧利哈鋼刀……」

據說對瑞穗的武士而言，奧利哈鋼刀是每個人都希望有朝一日能夠獲得的至寶。

對武臣先生這種下級陪臣來說，似乎是能碰到就算幸運的物品。

「早餐時間過後，在這個鍛鍊所進行。兼定先生會帶完成的奧利哈鋼刀過來。」

「交給我吧。」

武臣先生不悅的表情完全消失，反過來因為能試用剛完成的奧利哈鋼刀而充滿喜悅。

「（劍術中毒者……）那個，還有一件事……」

我姑且試著拜託他別再對艾爾露出不悅的表情。

即使我覺得應該沒用。

他有好好工作，也沒對我露出那種表情，所以其實我並沒有理由警告他。

「即使是鮑麥斯特伯爵大人的命令，我也無法違抗本能。」

「這樣啊……」

他毫不猶豫地回答，讓我徹底了解妹控究竟是多麼罪孽深重的存在。

「好漂亮的刀。」

「彷彿一看刀身就會變得無法自拔。」

吃完艾莉絲她們做的早餐後，我們再次回到瑞穗伯國軍陣地的鍛鍊所集合。

那裡已經設置了幾十個訓練用的稻草人，此外那些稻草人身上還穿著在之前的戰鬥中取得的反叛軍戰死者的金屬鎧甲和盾牌。

因為是損傷嚴重、必須熔解後才能重新利用的廢鐵，所以才會被拿來試刀。

我、艾莉絲等人、布蘭塔克先生、導師、遙和武臣這些固定班底聚集在稻草人面前。

除此之外，瑞穗上級伯爵與其家臣、兼定先生，以及兼定先生的弟子們也來到了這裡，弟子們手上端的木托盤上，放著完成的兩組奧利哈鋼刀。

兼定先生立刻抽出其中一把奧利哈鋼刀給大家看，連對刀劍不熟的艾莉絲，都因為那美麗的刀身而看呆了。

瑞穗上級伯爵等人發出感嘆。
「不愧是兼定。即使和初代兼定相比也毫不遜色。不過遺憾的是，那不是我的刀。」
這兩組大小刀的主人是艾爾。
「能用來對付魔法師呢。」
「嗯。對初級魔法師而言，應該是很大的威脅。」
布蘭塔克先生看著閃亮的刀身，露出複雜的笑容。
奧利哈鋼刀的威力，足以突破較弱的「魔法障壁」。
由於具備和魔刀相同的性質，奧利哈鋼刀的性能更勝奧利哈鋼製的劍。
這些技術，也是瑞穗伯國能維持獨立的最大原因。
「鮑麥斯特伯爵大人啊。聽說您還另外下了三組刀的訂單……」
「是的。」
「真的不能賣給我嗎？」
「說到買賣，包含締結通商協定在內，我們戰後還有很多事情要商談吧？」
按照一般行情賣給別人非常容易，但這樣實在不夠巧妙。
為了鮑麥斯特伯爵家，身為貴族應該要讓它發揮更高的價值。
「（艾莉絲是這麼說的。）」
「鮑麥斯特伯爵大人變得愈來愈像貴族了呢。」

「只是習慣了而已。」

瑞穗伯國和鮑麥斯特伯爵領地之間的距離實在太遠。

如果這樣能讓交易條件變有利，那當然是更好。

「即使現在勉強拜託您，也只會惹您不高興啊。」

我和瑞穗上級伯爵談話時，武臣先生從兼定先生手上接過奧利哈鋼刀，他靜靜地擺出架勢，然後連續砍了好幾個稻草人。

穿著鎧甲的稻草人在被斜砍後，露出漂亮的切口。

「鋼製的鎧甲居然被一刀兩斷……」

「因為武臣是備受期待的年輕劍士。雖然有只要扯到妹妹就會失控的傾向……」

看來武臣先生的劍術優秀到足以讓主人記住他的名字。

同時他是個妹控這點也非常有名。

「我想將武臣也暫時交給鮑麥斯特伯爵照顧。」

「這是怎麼回事？」

「您知道泰蕾絲大人正在做什麼嗎？」

「我聽說她在開會。」

拜此之賜，她總算沒再來纏著我，但按照瑞穗上級伯爵的說法，那場會議似乎是個讓人煩惱的根源。

「當然，這點對泰蕾絲大人和阿爾馮斯大人也一樣。」

巴登公爵公子似乎終於開始強烈主張發動攻勢。

「要做出分散兵力的愚行嗎？」

「自初戰以來，敵人都沒再來犯，必須考慮這是個陷阱的可能性，不過……」

「他想要戰功嗎？」

「沒錯。若想贏過泰蕾絲大人，成為反紐倫貝爾格公爵派的首領，就必須立下戰功。初戰時，鮑麥斯特伯爵大人、瑞穗伯國軍和阿爾馮斯大人都是泰蕾絲大人的代理人。換句話說，就是泰蕾絲大人的功勞。說到這裡，您應該就懂了吧？」

原來如此，即使克拉森將軍是笨蛋，那支軍隊只是烏合之眾，大軍仍是個威脅，所以殲滅了半數敵軍的我們等於是立下了大功。

「一般而言，軍隊被擊破一半就等於是全滅了。殲滅破萬的軍隊，可是睽違了數百年的大戰功。這樣巴登公爵公子當然會焦急。我們之所以沒被叫去開會……」

若我們在這時候參加會議並立下戰功，功勞就會全被外國貴族與半獨立的瑞穗伯國搶走。

巴登公爵公子等人並不樂見這種狀況。

「我就算留下來看家也無所謂。」

「真巧。我也不喜歡這種急功近利的作法。」

順利試用完奧利哈鋼刀後，我們一回家，就得知巴登公爵公子他們的進攻案已經通過了。

泰蕾絲和阿爾馮斯直到最後都表示反對，但那項作戰還是在表決後通過。

泰蕾絲在反紐倫貝爾格公爵派中的獨裁權還沒那麼強。

她不得不顧慮巴登公爵公子。

「這次進攻的第一目標，是距離這裡三十公里的南方商業都市，赫伯特。再來就是那附近的城寨。」

巴登公爵公子等人似乎想將索畢特大荒地的野戰陣地當成安全的後方據點，將前線推進到赫伯特與其周邊的幾座城寨。

「喔——要是作戰能夠成功就好了。」

「威德林，你會不會太冷淡了？」

「我只是傭兵兼外國貴族，既沒有軍隊，也不能干涉作戰。作為同伴，我只能祈禱作戰成功吧。」

「雖然這麼說也沒錯……」

反正即使去支援，他們也不會給我好臉色看，只會被認為是去搶功勞。

「所以我們接下來要去參加茶會。」

在目送巴登公爵公子們指揮軍隊出征後，我們前往參加同樣被排擠的瑞穗上級伯爵所舉辦的茶會。

「親愛的，雖然奇特，但很有趣呢。」

因為是日本風格的瑞穗茶會，瑞穗上級伯爵在空地搭了一個組合式的草屋，我們在裡面舉辦茶會。

「鮑麥斯特伯爵大人和各位夫人，請別在意禮儀，放輕鬆享受吧。」

瑞穗上級伯爵在茶會中以優雅的動作泡抹茶，讓我們輪流享用。

我們吃著配茶的點心，並在最後鑑賞茶碗。

「儘管設計樸素，但是很棒的茶碗呢。」

「這個茶碗，正好適合我這個粗人吧？」

從泡茶的動作來看，瑞穗上級伯爵應是相當有教養的人，這是他的謙遜之詞。

既然是當家，那當然受過這方面的教育。

「這個茶碗，就送給鮑麥斯特伯爵吧。」

「非常感謝。」

收下茶碗後，感覺自己好像變成了什麼要人。

「不用客氣。畢竟之後還希望您能將奧利哈鋼刀賣給我呢。您似乎已經將打好的刀借給了遙和武臣。對瑞穗人而言，光是能用奧利哈鋼刀就是一種榮譽。我晚點會去問他們的感想。」

結果，做好的那兩組刀是屬於艾爾，而他將其中一組送給了遙。

雖然一般的女孩子比較喜歡收到花或飾品，但這個禮物讓遙非常開心。

其實之後又追加完成了一組，我將那組刀借給了武臣先生。

在這三人的保護下，我也變得更加安全。

「話說那項作戰會成功嗎？」

「誰知道呢？」

茶會結束後，我們受邀參加魔槍的試射會。

我和瑞穗上級伯爵都在猜測巴登公爵公子等人發動的攻勢是否會成功，接著槍聲不斷響起，一百公尺外的標靶接連被打穿。

「射程距離和命中率都比弓箭高呢。」

「畢竟試做時就是為了這個目的。鮑麥斯特伯爵，你們要不要也來試試看？」

「非常樂意。」

試射感覺很有趣。

學會怎麼射擊後，我們舉起魔槍朝標靶發射。

「打不中呢……」

這把魔槍的射程距離和命中率都比弓箭高，但後座力極強，容易射偏。

「只有力氣夠大的人才能使用魔槍。」

「威爾，這魔槍好重。」

魔槍其實等於是鐵棒，對露易絲來說或許太重了。

伊娜、艾莉絲和卡特琳娜也都無法命中標靶。

「我沒問題。雖然還需要改良，但我覺得是個好武器。」

只有薇爾瑪接連命中標靶。
對患有英雄症候群的她來說，後座力這個最大的問題根本不算什麼。
「喔喔！薇爾瑪大人的身手真不錯，或許她連那個試做品也能使用？」
接著瑞穗上級伯爵將一把比普通款式還要長的魔槍交給她。
雖然那把槍重到連對力量有自信的高大男子都無法獨自舉起，但薇爾瑪輕鬆拿起魔槍，確實瞄準後發射。
她漂亮地命中，然後標靶就連同板子一起被擊碎。
「這個火砲只要命中，就能發揮極大的威力。」
唉，前提是要能瞄準標靶發射。這東西太重，普通人根本拿不動。
「不過這當然難不倒拉得動那把鐵弓的薇爾瑪大人。決定了！薇爾瑪大人，那個火砲就借給您吧。」
「好啊，因為這個用得到。我會幫忙收集資料。」
「真是說不過您呢。備用的魔晶石也借給您吧，但基於這東西的性質，請您每兩天要帶回來給我們保養一次。」
「我知道了。」
「薇爾瑪，好好保養過再拿出來喔。不然可能會爆炸。」
「謝謝關心，威爾大人真溫柔。」

就這樣，在巴登公爵公子展開攻勢的期間，我們成功地備齊了戰力。

然而三天過後。

泰蕾絲匆匆跑來找我們。

「本宮的擔憂成真了。威德林，希望你們能去支援……」

「不祥的預感靈驗啦……」

巴登公爵公子他們一開始順利地打下了商業都市赫伯特與周邊的城塞。

「然而那是陷阱……」

雖然他們幾乎沒遭遇抵抗就順利占領了目標的城塞，但那裡幾乎沒剩下任何包含食材在內的物資。

「是小規模的焦土作戰啊。」

我方無法在占領土地後，對居民掠奪或徵調物資。

考慮到之後的皇帝選舉，大家應該都不想做這種會有損名聲的事情。

而且這是內亂。

如果是與其他國家的戰爭也就算了，但根本不可能掠奪同胞。

然後他們就反過來被不知何時返回的敵軍給包圍了。

即使想閉城不出也沒有糧食，所以只好向泰蕾絲請求支援。

「為了統一派閥，不如讓他們慘敗一次吧？」
「你覺得我們有這種餘裕嗎？」
「應該沒有吧……」
即使是那種傢伙也算是兵力，泰蕾絲無法捨棄他們。
帝國軍是常備兵，而且大部分都加入了紐倫貝爾格公爵，所以他當然比較有利。
「商業都市赫伯特就交給阿爾馮斯解決。本宮想拜託威德林去支援其他地方。」
「我沒有軍隊，妳打算讓誰跟我去？還是要我單獨去？」
那我可不能答應，我沒理由配合打算只派魔法師去支援的無能大將。
「本宮會去拜託瑞穗上級伯爵。抱歉了……」
結果我還是得為了替別人收拾殘局而出戰。

＊　＊　＊

「來到了很深的山區呢！」
我們這支以瑞穗伯國軍為主體的援軍，正前往位於東南方二十公里處的塔貝爾山寨。
這個山寨座落於標高六百公尺的岩山上。
「為什麼要攻打這種地方？」

「誰知道？總之只要打下那裡，就能立下功勞吧？」

「也多體諒一下負責支援的我們吧……」

我和負責護衛的艾爾邊抱怨邊繼續進軍。

我方的軍隊在無法好好合作的山區打下了那座城寨，到這裡為止都還好，但這裡果然也是陷阱，城寨裡幾乎沒有兵力和糧食，他們在占領了城寨後，馬上就被好幾倍的敵軍團團包圍。

「唉──居然要爬山。」

「要是能多體諒一下布蘭塔克先生的年紀就好了。」

「別把我當成老人家！」

艾爾多餘的話，害他吃了布蘭塔克先生一記拳頭。

「從地圖來看，那是遲早必須攻下的城寨！」

「現在的塔貝爾山寨是用來防範山賊，所以配置的兵力原本就不多，但這裡以前是帝國攻略北方的前線基地。若一直讓紐倫貝爾格公爵占領這裡，我方進軍帝都時，可能會被切斷補給線。」

導師姑且是王國要人，具備軍事方面的相關知識，而遙則是拔刀隊成員，所以也具備基礎知識。

「不過這件事沒那麼急吧？」

即使現在就攻下這種位於山頂的山寨，也只會為補給增添負擔。以為占領就算立下戰功的笨蛋貴族真是令人困擾。

「鮑麥斯特伯爵，敵人似乎將所有心力都放在包圍塔貝爾山寨上面。趁夜從後方攻擊他們吧。」

派密探去當地偵察的瑞穗上級伯爵，對我提出一項作戰。我沒有自己的兵力，所以實際上沒什麼反駁的餘地。

瑞穗上級伯爵不可能亂來，所以這個作戰應該沒問題。

「趁他們將注意力放在塔貝爾山寨裡的友軍身上時，從敵人後方發動攻擊啊，這主意不錯。前提是沒有其他軍隊會從後面偷襲我們……」

「我也在擔心這件事，所以派半藏去重點偵察了。對方的兵力也不是無限，大部分都用在包圍赫伯特那裡的友軍。紐倫貝爾格公爵還沒派主力到前線。」

紐倫貝爾格公爵家諸侯軍和帝國軍的部分部隊，是紐倫貝爾格公爵仰賴的精銳，也是他最後的王牌。

然後他派不太能信任、或許會背叛的同伴，去和反紐倫貝爾格公爵派的軍隊戰鬥，消耗雙方的實力。

這樣紐倫貝爾格公爵什麼都不用做，自己的力量就會相對增強。

「泰蕾絲大人應該很想哭吧。」

「我也很慶幸自己不是總司令。」

我們按照預定進軍，在稍微小睡了一下後，移動到敵軍後方，他們正在包圍躲在塔貝爾山寨內的友軍。

「夜襲啊……」

「大部分的瑞穗人夜間視力都不差，平時也有確實進行夜襲訓練。」

瑞穗伯國軍不只是精銳，還擅長夜襲。

「主公大人，魔槍隊也準備好了。」

「這樣啊。」

「魔槍在夜襲時也能用嗎？」

「雖然命中率比白天低，但發出的巨響能有效為敵軍帶來混亂。薇爾瑪大人不也充滿幹勁嗎？」

薇爾瑪也帶著試做型的大型魔槍，混在魔槍隊裡。

「一開始先盡全力射擊，等敵軍混亂後再發動突襲。半藏會先去向塔貝爾山寨內的友軍報告狀況。」

半藏啊……忍者果然方便。雖然我也很想要，但瑞穗上級伯爵應該不會讓給我吧。

「若隨便發動攻擊，只會讓我方因為陷入混亂而苦戰。在最壞的情況，還可能誤傷友軍。目前的計畫是先擊退敵軍，再救出同伴撤退。」

若躲在城寨裡的友軍胡亂跑出來參加夜襲，甚至可能會害我們輸掉這場戰鬥。瑞穗上級伯爵命令半藏在傳達狀況時，要特別強調這點。

「那麼要開始囉！魔槍隊！開始射擊！」

順利繞到敵軍後方的瑞穗伯國軍，首先讓魔槍隊進行槍擊。

後方突然連續響起槍聲，帳篷也被大量的火箭點燃。

「怎麼可能！魔法師到底在幹什麼！」

正常來講，敵人不可能在沒被發現的情況來到這麼近的地方。

因為魔法師會輪班探測敵人的反應。

「真遺憾。雖然不容易實行，但魔法師也能消除我們的魔力反應。」

在布蘭塔克先生的指揮下，我和卡特琳娜擾亂了敵軍魔法師的「探測」。

習慣夜襲的瑞穗伯國軍靜悄悄地移動，甚至不讓馬發出聲音。

拜此之賜，直到逼近敵軍為止，我們都沒有被發現。

大概是白天包圍塔貝爾山地太累了吧，在就寢時被人從後方夜襲，讓他們陷入大混亂。

「突擊！」

將隱匿魔力等瑣事交給別人的導師，再次單手拿起六角棒衝進敵陣。

「有家人的傢伙都給我退下！」

這場完美的夜襲，讓敵軍徹底慌了手腳，接連被瑞穗伯國軍士兵砍倒，因為是由複數諸侯軍組成的聯合軍，所以他們也不會互相合作，一下就四散敗走。

「別追得太深！首要目的是救援友軍！」

瑞穗上級伯爵沒有執拗地展開追擊，而是徹底將敵軍驅離塔貝爾山寨。

「敵我雙方像這樣陷入混戰，根本就無法使用廣範圍的魔法……」

「畢竟那樣會傷到自己人。」

我和卡特琳娜連發小規模的「電擊」，接連打倒敵兵。

其實我比較想收拾大將，但天色太暗根本找不到人。

「威爾，別跑太前面啊。」

「鮑麥斯特伯爵大人，小嘍囉就交給我處理。」

艾爾和遙揮舞新到手的奧利哈鋼刀，宛如在重現時代劇的壓軸場景般斬殺敵兵。

奧利哈鋼刀的厲害之處在於威力極強，即使用盾牌抵擋，也會連同盾牌一起被斬斷。

「威爾，夜襲大獲成功呢。」

「敵人太不堪一擊，希望塔貝爾山寨裡的人別因此貪功參戰。」

伊娜也揮舞長槍接連打倒敵兵，露易絲也像在演功夫電影般大為活躍。

「好想多射幾發……」

借來的魔槍不適合近身戰。

薇爾瑪改用平時使用的巨斧打倒敵兵。

「結果還是這樣最有效率，但一點都不帥氣。」

露易絲在我旁邊丟石頭。即使是在這個世界，石頭也在戰爭的歷史中發揮了極大的威力。

露易絲的情況，是利用了增強的魔力。她完全不會使用放出魔法，所以用魔鬥流重現了「強化」的狀態。

「石頭沒了。威爾，還有石頭嗎？」

「有喔。」

我從魔法袋裡拿出一個大到得用雙手抱住的皮袋。裡面裝了我事先撿的石頭。

「即使不這麼做，戰爭也很花錢。得節省經費才行。」

就算在最壞的情況下得中途逃亡，也得減少虧損。

「說得也是。咦？布蘭塔克先生呢？」

「嗨，找到你了，魔法師。」

布蘭塔克先生找出敵軍中的魔法師，將其打倒。

由於我和卡特琳娜還在猶豫，因此他接下了這個任務。

在混戰中必須慎重行動，所以老練的布蘭塔克先生是最適合的人選。

「你就是敵人的魔法師嗎？吾乃狂風的亞倫！」

「不用報上名號了，我自己會估計對手的實力。這才是活命的訣竅……雖然你馬上就要死了。」

「你說什麼……」

之後敵軍的魔法師馬上被「風刃」擊中背後倒下。

「穿廉價的長袍很危險喔。唉，雖然我的忠告已經派不上用場了。」

「被搶先一步了！」

「導師，沒有其他獵物了嗎？」

「大部分的人都被打倒或敗走了！」

瑞穗伯國軍展開的夜襲大獲成功，敵軍付出龐大的犧牲敗走。

這場夜襲似乎花了比我想像中還要長的時間，天色已經逐漸開始泛白。

「感謝各位前來支援。」

敵軍全部撤離後，被困在塔貝爾山寨裡的友軍指揮官現身。雖然對方自稱伯爵，我對他卻沒什麼好印象。縱使是我們拜託半藏幫忙傳令，告訴他不要參加夜襲以避免混亂，但真希望他別在戰鬥結束後，馬上盯著敵人留下的物資看。

這次的戰爭是內亂，所以禁止掠奪。畢竟這樣就像是自己在吃自己，因此也是理所當然，不過戰爭非常花錢，參加的士兵們也需要一些利益。

於是大家便將焦點放在從敵軍那裡搶來的戰利品上。

不過這些東西是屬於瑞穗伯國軍和我們。

瑞穗伯國軍已經回收完那些物資，這麼一來如果還想搶戰利品，就只能從遺留在戰場上的屍體身上搜刮裝備和衣物。至於我們，則是頂多只有從打倒的魔法師身上拿走泛用的魔法袋和魔杖。

大家都不太想從屍體身上搜刮裝備，反正也不會有什麼好東西。

即使如此，看在駐守塔貝爾山寨的友軍們眼裡，那些東西似乎還是很有魅力。

「沒時間了，快點撤退吧。」

「已經要離開了嗎？」

「這是菲利浦公爵大人的命令。」

看來這位伯爵果然想搜刮屍體身上的裝備。並不是他特別小氣，只是士兵們也是領民，所以必須提供他們一些利益。

此外還必須顧慮其他貴族與他們的士兵。

不過若繼續在這裡磨蹭下去，可能會有其他敵軍過來。

沒收完敵軍物資的瑞穗伯國軍，已經開始進行撤退的準備。

「我能理解您的心情，但不曉得敵軍何時會來襲。雖然我們也有派援軍去赫伯特，但目前情勢依然不明。所以快點開始撤退吧。」

要是不小心同情他，結果再次陷入戰鬥就太悽慘了。

因為是夜襲，所以瑞穗伯國軍的死傷才能壓制在最低限度，若是與敵軍正面衝突，死傷人數一定會增加。

瑞穗上級伯爵也不會答應吧。

「下次或許就無法獲救了。」

「我知道了。」

儘管同意立刻撤退，但伯爵的表情看起來還是相當悔恨。大概是在煩惱要怎麼付獎金給士兵們吧。他們大多是被徵召的領民，所以沒有薪水。為了維持士氣，有必要分配戰利品。

「瑞穗上級伯爵，請別把這種會招人怨恨的工作推給我。」

我在撤退途中向瑞穗上級伯爵抱怨。

因為他將通知那位伯爵立刻撤退的工作推給我。

「抱歉。我們是同一個國家的貴族，如果由我開口，難免會留下疙瘩。」

瑞穗上級伯爵露出愧疚的表情。

「咦？瑞穗伯國不是半獨立國嗎？」

「別這樣挖苦人啦。我之後會送好喝的瑞穗酒給您。」

「喔喔！在下也要！」

在夜襲大鬧一場的導師為了消除疲勞，在馬上豪飲紅酒。

邊喝酒邊撤退，真是太強了。

而且他喝的紅酒還是我提供的。

雖然當上鮑麥斯特伯爵後經常有人送酒給我，但我和艾莉絲都很少喝酒。

庫存愈變愈多，然後就被導師盯上了。

「導師大人，您要回贈好喝的紅酒給我喔。」

「在下家裡的酒窖，有優秀年份的紅酒。」

「那真是令人期待。」

大叔們可能很期待酒，但我只覺得疲憊。

好想早點回家睡覺。

「總之我想快點回去睡。」

「威爾大人，一起睡吧。」

「說得也是，大家一起睡吧。」

我變得愈來愈睏。好想快點鑽進被窩。

「艾莉絲大人也一起。」

「說得也是，大家一起睡吧。」

在我旁邊控制馬的艾莉絲，贊同薇爾瑪的意見。

「我是真的想正常鑽進被窩裡睡，而不是那種睡。」

「我贊成伊娜的意見。」

「我的眼睛也快睜不開了。」

感覺今天會變成六個人一起睡。

若能平安回到家，那樣也不錯。

「那個，遙小姐，要一起睡嗎？」

「咦？可是我們還沒結婚……」

「艾爾文，你想被我用刀子砍嗎？」

「開玩笑的啦！」

有一半是因為太睏了吧？

艾爾不小心說出奇怪的話，惹武臣先生生氣。

雖然他應該只是想單純一起睡，但對瑞穗人而言，在婚前就連這樣也不行。

武臣先生露出恐怖的表情，對著艾爾拔刀。

「我們還沒結婚，可是，我不討厭那種事。甚至還有點憧憬……例如，早上溫柔地叫艾爾先生起床。我以前看過一本叫『年輕妻子奮鬥記』的故事書……」

遙紅著臉沉浸在自己的世界。

人類只要太睏，似乎就會不小心說出像夢話的內容。

「威爾，這場戰鬥真的有意義嗎？」

「儘管只是幫別人收拾殘局，但我方很少人犧牲，敵人則是犧牲慘烈。雖然這還是會讓人覺得

『那又怎樣』……」

伊娜的懷疑是正確的。

我們為了救援友軍而在塔貝爾山寨引發的戰鬥，以替敵軍造成嚴重損害的結局告終。

然而在主力部隊的目的地赫伯特那裡，因為缺乏糧食而產生危機感的巴登公爵公子在阿爾馮斯指揮的援軍抵達前，就擅自展開決戰。

決戰進入後半時，阿爾馮斯總算趕上並取得戰術上的勝利，但我方還是付出了龐大的犧牲，由於無法維持補給，因此阿爾馮斯不得不放棄一度成功攻下的赫伯特。

雙方都沒掌握到決勝的關鍵，帝國的內亂依然沒有結束的跡象。

第八話　貴族只要在戰爭（戰鬥）中獲勝就能囂張

「喔喔！幹得好啊，威德林！」

總算在犧牲不多的情況下成功從塔貝爾山寨撤退後，泰蕾絲出來迎接我們。

「瑞穗上級伯爵也是大功一件。」

「感謝您的誇獎。期待內亂結束後的獎勵。」

泰蕾絲在大家面前稱讚我們。雖然放棄了塔貝爾山寨，但之後還能輕易搶回來。我方的犧牲不多，敵軍死傷慘重。

從整體的收支來看，連消耗的物資一起計算進去後，應該剛好打平。

和赫伯特那邊相比，可以說是戰果豐厚。

「巧婦難為無米之炊。沒錢真的好辛苦……」

這次的內亂，最讓泰蕾絲煩惱的問題就是資金不足。

菲利浦公爵家是帝國首屈一指的大貴族，平常當然有為了這種時候儲備資金。

然而這點程度的資金一下就用光了。何況這場戰爭還是內亂。

國內的金錢與物資互相消耗，讓帝國的國力持續衰退。

即使勝利，泰蕾絲也無法給跟隨自己的貴族獎賞。

要是因此爆發不滿，又會再度發生內亂，她現在每天都在為了錢的問題頭痛不已。

既然沒錢，就無法輕易給人獎賞，她答應戰後贈與瑞穗上級伯爵褒章，至於我……

「威德林，你的獎勵就是能對本宮為所欲為。」

「請恕我辭退……」

要是真的這麼做，我會愈來愈無法從帝國的內亂抽身。這我絕對要避免。

「威德林意外地淡泊呢。」

「我有艾莉絲她們就滿足了。」

現在的泰蕾絲，是比任何高級妓院都要昂貴的存在。

我還沒愚蠢到對這種女性出手。

「泰蕾絲大人還是一樣纏人呢。」

「艾莉絲大人，本宮心裡還沒有放棄。」

泰蕾絲誘惑我，艾莉絲邊牽制她邊抱怨。

這已經逐漸變成日常的風景。

「哎呀，差點忘了。等巴登公爵公子回來後，預定將舉辦會議。」

應該是沒有處罰的軍法會議。泰蕾絲的權限還沒大到能處罰巴登公爵公子。若隨便進行處罰，他可能會投靠紐倫貝爾格公爵。

「本宮希望威德林你們和瑞穗上級伯爵也來參加。」

「我們參加會議不會有問題嗎？」

我是外國貴族，瑞穗伯國的立場非常微妙。若輕率地讓我們參加會議，感覺會造成很大的反彈。

「即使如此，還是拜託你們。」

「「……」」

就算她這麼說……我們可不是讓泰蕾絲用來誇示力量的成員……

「只是參加倒無所謂。」

「我也一樣……」

瑞穗上級伯爵也和我一樣吧？

雖然為了維持日本人的協調性而忍不住答應參加會議，但我之後就後悔了。

「雖然確實有產生損害，但我方為紐倫貝爾格公爵一黨造成的損害更大！是我們獲勝了！」

「才沒這回事！這次戰鬥的對象是紐倫貝爾格公爵不怎麼信任的那些傢伙！訓練度也很低，何況紐倫貝爾格公爵家諸侯軍根本毫髮無傷吧！這是戰略上的敗北！」

「話雖如此，若不打擊那些傢伙，紐倫貝爾格公爵根本就不會現身吧！」

我想起曾在歷史課聽過「大會不行動，大會在跳舞」這句話。

　雖然狀況完全不同，但在我們的面前，巴登公爵公子正在被追究這次的失敗，然後策劃讓泰蕾絲取得反紐倫貝爾格公爵派實權的家臣與貴族們，持續在和企圖阻止的巴登公爵公子派進行醜惡的爭論。

　我和瑞穗上級伯爵被徹底無視。泰蕾絲支持者散發的氣氛，像是在說「你們只需要待在這裡展現出存在感，閉上嘴讓我們利用就好」，而巴登公爵公子派怎麼看都是因為擔心若隨便刺激我們，可能會被我們攻擊，所以才選擇忽視。

　換句話說，我們來參加這場會議根本沒意義。

「（早知道就不來了。）」

「（是啊。）」

　瑞穗上級伯爵仍維持嚴肅的表情。

　瑞穗人終究是外人。要是他們在這時候累積實力，將來在帝國內的政壇嶄露頭角會很麻煩——兩派貴族的臉上都是這麼寫的。

　因為有力的魔法師足以和將領匹敵，因此導師、布蘭塔克先生和艾莉絲他們也一起參加了這場會議，但大家都沒有機會發言並閒得發慌。

　之前是我們救了被敵人包圍的巴登公爵公子派，所以泰蕾絲似乎是打算利用我們替巴登公爵公子派施加壓力。

　但巴登公爵公子他們刻意對我們視而不見。

他們將心力都放在爭吵上，徹底忽視我們。
「（親愛的。）」
坐在我旁邊的艾莉絲對我露出像在說「怎麼辦？」的表情。
雖然陛下命令我們留在帝國，但泰蕾絲他們或許會在內亂中落敗。
紐倫貝爾格公爵不惜消滅反抗者，也要統一所有派閥。
因為是引發政變的反叛者，所以他早就做好無情的覺悟。
即使如此，他還是遠比必須顧慮巴登公爵公子派系的泰蕾絲有利。
這麼一來，或許現在就該衡量逃跑的時機了。
「（即使泰蕾絲大人會輸，還是希望能給予紐倫貝爾格公爵打擊呢。）」
這樣即使紐倫貝爾格公爵獲勝，王國也比較好應付因內亂而疲憊的帝國。
我只是外人，沒必要幫雙方打好關係。
唯一的遺憾，就是以後或許再也無法買到瑞穗伯國的產品。
不過關於這部分，只要協助瑞穗伯國與王國締結軍事同盟就行了。
至於泰蕾絲，在最壞的情況下，只要我協助她逃亡就好。
開始思考這些事情後，感覺眼前的爭論都變得非常愚蠢。
「親愛的？」
「喂！威德林先生！」

接下來就當個好色的廢物貴族好了。我突然抱住艾莉絲和卡特琳娜的肩膀，一面露出邪惡的笑容，一面對兩派的爭論裝出在開心觀摩的樣子。

「瑞穗上級伯爵，要不要喝茶啊？」

「反正我也沒事可做。麻煩幫我泡杯煎茶吧。」

再怎麼說都無法在這裡以茶道的形式泡抹茶，因此我從魔法袋裡拿出茶壺和茶杯，以及在瑞穗伯國購買的煎茶。

「瑞穗上級伯爵，這個水是跟茶屋買的泉水喔。」

「泡茶最重要的就是水啊。」

「用這個水泡瑪黛茶也很好喝。」

「對吧，艾莉絲大人？」

艾莉絲似乎也受不了他們的爭執，於是選擇配合我的奸計。

不愧是我的妻子。

「威德林先生，不能讓水沸騰對吧？」

「沒錯。」

「細微的調整也算是訓練。」

「我知道了，師傅。」

最適合煎茶的水溫是八十度左右，離沸騰只差一點點。這方面的細微調整，也成了卡特琳娜的魔法訓練。

「大家拿點心出來吧。」

「我知道了，威爾。」

「在瑞穗買的點心也要拿出來嗎？」

「說得也是。畢竟煎餅和霰餅都跟煎茶很搭呢。」

「我想也是。」

「威爾大人，其他點心也拿出來吧。」

「說得也是。如果瑞穗上級伯爵喜歡，或許就能外銷到瑞穗伯國。」

露易絲和薇爾瑪將在王國或鮑麥斯特伯爵領地的魔之森採到的水果切片裝盤，連同巧克力與蛋糕一起擺到桌上。

雖然爭吵的貴族們都啞口無言，但我才不分給他們。

反正即使送他們，在帝國因為內亂變窮後他們也買不起。

等桌上擺滿各式各樣的水果和點心後，快樂的點心時間就開始了。

「喔喔！真是豐盛！」

就連無法對泰蕾絲擺出強硬態度的導師，也受不了這場會議了。

他一口氣把茶喝光，開始大口吃煎餅。

「嗯！這個煎餅和茶很搭呢！」

「對吧？這是瑞穗的經典組合。水果和巧克力，感覺在瑞穗也會很受歡迎。果然還是通商會比較好呢。」

導師和瑞穗上級伯爵無視毫無意義的會議，開始集中精神享受茶和點心。

「要是也有酒就無可挑剔了。」

「酒只有晚上可以喝。」

「我的新弟子真是認真呢。」

卡特琳娜開口警告想喝酒的布蘭塔克先生。

大家邊喝茶邊吃點心，不管怎麼看都像是在對會議提出抗議。

出乎意料的狀況，讓他們停止了爭吵。

「（伊娜。）」

「（真的要做嗎？）」

「（嗯，動手吧。盡量誇張一點。）」

「（我知道了啦。）來，啊——」

我輕聲下達指示，伊娜用叉子刺切好的水果餵我吃。

「啊——嗯，好吃。」

由於魔之森的水果是裝在魔法袋裡，所以新鮮又好吃。

「啊！我也要餵！」

「我早就想試試看做這種事了。」
露易絲和薇爾瑪也輪流餵我吃水果和巧克力。
發現我是刻意在挑釁那些貴族後，她們也變得躍躍欲試。
「唉，只有我沒餵也很奇怪。」
「講是這樣講，其實妳明明就想餵威爾吃。」
「確、確實是不到完全……不想餵的程度。」
雖然聽不太懂，但卡特琳娜也餵我吃水果。
她的臉皮很薄，所以只能像這樣表達。
「親愛的，嘴巴沾到果汁了。」
「幫我擦。」
「唉，真拿您沒辦法。」
即使正在開會，我還是刻意和妻子們嬉戲，繼續挑釁那些貴族。
因為我連戰連勝，所以才能在戰敗後逃回來的他們面前表現得很囂張。
我努力做出「因為我是打勝仗的貴族所以很了不起」的明顯表情。
這項作戰奏效，一名年輕貴族終於對我發難。
「鮑麥斯特伯爵！我從您身上感覺不到幹勁！面對這個前所未有的危機，您到底在和夫人們幹什麼？」

「幹什麼……現在是點心時間。人類必須好好攝取營養才行。畢竟不曉得是誰害我的肚子平白變得這麼餓。」

「居然在這嚴肅的會議上表現出如此荒唐的態度！甚至還將我們當成笨蛋！」

「嚴肅的會議？不是單純互相推卸戰敗的責任嗎？」

我指出的事實，讓所有人的表情都蒙上了一層陰影。

因為是戰敗，所以這場會議應該是要進行檢討或處罰與責備負責人。然而這場會議誰都不會被處罰。巴登公爵公子因為害怕被追究戰敗的責任，導致無法競爭下任皇帝的位子，所以什麼都不說。泰蕾絲也因為擔心若輕率處罰巴登公爵公子可能會害他叛變，所以不敢暢所欲言。

這樣開會根本就沒有意義。

「唉，我根本不在乎結果。反正我只是外人，最慘不過就是中途逃跑。可是如果戰敗，事到如今紐倫貝爾格公爵會饒過你們嗎？他想建立中央集權的帝國，所以即使表面上原諒你們，之後或許還是會再找理由解決你們。沒想到在這不贏就沒有未來的情況下，你們居然還有餘裕鬧內訌。」

我的挖苦，讓所有人陷入沉默。

「我好像說得太過火了。做為賠罪，等各位必須逃亡到王國時，我會為各位說情。」

說完想說的話後，我繼續享用點心。

「的確，這樣下去有可能會被各個擊破……」

「有必要組織正式的聯合軍……」

之後的會議，似乎開始變得比較有內容了。

雖然身為傭兵的我沒什麼資格插嘴。

「威德林，你說得真是太好了。」

「什麼意思？」

會議結束後，我一準備去工作，就被泰蕾絲叫住。

她似乎認為我是促進反紐倫貝爾格公爵派和解的功臣。

我明明只有挖苦別人。

「大家都發現自己身處的立場，開始互相合作了。這都是威德林的功勞。做為獎勵，來跟本宮抱一下！」

泰蕾絲打算抱住我，但這個人似乎就是學不會男女之間的事情。

「嗯！本宮要將這對不輸艾莉絲大人的胸部抵在威德林身上。這麼一來……」

「泰蕾絲大人，胸部有艾莉絲和卡特琳娜就夠了。」

「胸部貧瘠的露易絲，快點放開本宮。」

「才不貧瘠！謙遜就是我胸部的優點！」

「俗話說大能兼小。」

「正好相反，是小能兼大啦！」

「本宮從來沒聽說過那種話！」

「因為是我剛才想到的。」

露易絲巧妙地阻止泰蕾絲的動作，漂亮地阻止了她的企圖。

其實我並不是那麼了不起的人。我只是期待對方會生氣地叫我「滾出去」。如果是被貴族們趕出去，那即使中途離席，對陛下也能有個交代。

「（反正我們只被當成傭兵，又沒有率領軍隊，隨時都能逃跑……）」

在我這麼想時，原本在野戰陣地工作的士兵們拿起武器跑向石牆的方向。看來是敵人來襲。

「喂，是敵人嗎？」

「好像是來了一個骯髒的奇怪集團，然後他們的代表說有事情想告訴我們。」

我向附近的年輕士兵打探狀況，他將自己所知的情報告訴我。

「如果是敵人，應該會攻擊我們。該不會是想加入我們的軍隊吧？」

泰蕾絲認為他們應該是從帝都逃來這裡加入我們的人。

我們一起前往石牆確認，然後發現一群只能以髒兮兮形容的人。

人數超過千人。本來以為是山賊，但相較於骯髒的外表，他們的隊伍排得非常整齊，明顯是受過訓練。

「是逃跑的帝國軍嗎？」

「「鮑麥斯特伯爵！」」

「咦？我？」

在泰蕾絲感到困惑時，看似集團指揮官的兩名人物突然喊出我的名字。

我應該並不認識山賊……

「鮑麥斯特伯爵！是我啦！」

「就算你這麼說……可是，又好像有點印象……」

「我也在喔！」

我好像在哪裡見過這兩個人……他們的外表太髒，害我想不太起來。

「喂！我們幾個月前不是才在紛爭中戰鬥過嗎？」

仔細觀察那個較高大的骯髒男子後，看起來的確有點像布洛瓦藩侯的長子菲利浦。

這表示旁邊那個較矮的骯髒男子是克里斯多夫嗎？

「呃……你們失勢後，打算跑來帝國當貴族嗎？」

「怎麼可能啊！」

「我們帶來了重要的情報。請收留我們。」

「泰蕾絲大人？」

「就答應他們吧。」

獲得泰蕾絲的許可後，我前往迎接前布洛瓦兄弟和他們率領的軍隊。

他們似乎丟棄了大部分的裝備，而且也沒洗澡。我用魔法煮熱水給他們洗澡並幫忙準備換洗衣物，因為他們看起來也很久沒吃飯，所以等確實用過餐後，他們似乎總算放鬆了下來。

「那麼？你們在這裡做什麼？」

「嗯。王國軍趁帝國發生內亂時，襲擊了紐倫貝爾格公爵領地。」

「然後一敗塗地。」

前布洛瓦兄弟簡潔地說明了狀況。

「明明不能使用魔導飛行船？這也太蠢了吧。」

難道有大軍不靠魔導飛行船越過了吉干特裂縫？

這根本不可能。所以應該是幾千名士兵勉強入侵帝國領土，然後慘敗吧。

「是你們的獨斷獨行？」

「才不是！我們是收到命令！」

「真虧艾德格軍務卿會允許。」

「這個嘛。其實召集士兵的是雷格侯爵。」

「那是誰？」

麻煩的是王國貴族太多，我根本就記不完。

「他是軍務派閥的重要人物，不但是艾德格軍務卿的政敵，同時也是個對帝國主戰論者。」

根據克里斯多夫的說明，雷格侯爵強硬地通過了出兵案，利用繩索帶著諸侯軍與部分王國軍越過了吉干特裂縫。當然，紐倫貝爾格公爵不可能沒發現，他們一越過吉干特裂縫，就被紐倫貝爾格公爵親自率軍擊潰。

雷格侯爵還被紐倫貝爾格公爵親手斬殺。

與菲利浦一起逃來的士兵似乎親眼目擊了那一幕。

「咦？你們兩個不是艾德格軍務卿派閥的人嗎？」

「不管再怎麼恭維，雷格侯爵都只是個凡人。唉，我們是負責監視他。」

「雖然危險，但相對地只要活下來就能提升評價。結果如你所見，真是個下下籤。」

紐倫貝爾格公爵之所以沒過來這裡，一部分的原因是為了應付南方的王國軍嗎？

然後前布洛瓦兄弟帶著王國軍的倖存者逃來了這裡。

「我們事前從艾德格軍務卿那裡聽說了鮑麥斯特伯爵你們的事情。再怎麼樣，我們都不可能在紐倫貝爾格公爵的襲擊下重新架設繩索越過裂縫。所以只能抱著一絲希望北上。」

「原來如此，真是不錯的判斷。」

「咦？穿越敵地應該算魯莽吧？」

我對泰蕾絲的說法投以疑問。

「因為現在的帝國極度混亂，所以也不能算是錯誤的判斷。而且……」

「而且？」

「威德林，你的弱點就是沒有自己的軍隊。這樣問題就解決了。同樣是王國人，應該不會產生無意義的爭執，這不是很好嗎？」

「怎麼這樣……」

前布洛瓦兄弟，你們是跟我有仇嗎？

的確應該是有，所以才這時候來報仇嗎？我找時機逃離帝國的作戰，就這樣功虧一簣了。

「雖然對你不好意思，但這並非單純只是我們的問題。」

「身為王國貴族，拋棄一千五百名士兵應該不太好吧，畢竟大部分都是王國軍的士兵。」

出乎意料的展開，讓我接收了一群王國軍士兵，覺得回家的日子愈來愈遠，讓我心裡非常想哭。

「再來是分配武器和防具給那些士兵……因為逃跑時太礙事，所以大家都把裝備丟掉了。我們也沒有替換衣物，嚴苛的逃亡之旅，讓大家都受了不少苦。可以多少給他們一點零用金嗎？」

克里斯多夫愧疚地向我說道。自古以來，維持軍隊就是件花錢的事情。

明明無法期待在戰後從泰蕾絲那裡獲頒褒章，我卻得支付這些士兵們的生活開銷，這筆高額的費用讓我苦惱不已。

第九話　為什麼敵人的老大這麼想在決戰前和我說話？

「決戰的時刻即將逼近了呢。」

泰蕾絲從野戰陣地被加高的土牆上方，俯瞰兵臨城下的由紐倫貝爾格公爵率領的反叛軍。

我們收留並重新編組了逃來這裡的赫爾穆特王國軍餘黨，在裝備分發完畢後，發現反叛軍的軍隊正逐漸朝這裡集結。

「大概有多少人啊？」

「這個嘛。約十五萬人吧？」

率領王國軍組的菲利浦回答我的問題。

雖然在繼承紛爭中犯下失誤，但他原本是個優秀的戰術指揮官，所以正確地看穿了反叛軍的戰力。

「真多呢……」

「前線那些人都只是棄子。」

「咦？」

「就是負責承受損害，這在過去的戰爭中也是常有的事情，不需要在意。」

「負責承受損害啊……」

不只是我，就連艾爾和伊娜他們都對菲利浦的發言產生「又來啦」的感想。畢竟克拉森將軍那些人也是如此。

「紐倫貝爾格公爵想減少自己部下的損傷，同時藉由讓會對統治帝國造成妨礙的傢伙們戰鬥，來合法地解決或消耗他們。」

「的確，前線那些人的裝備和訓練度都比較差。連福特子爵也在其中呢。他和紐倫貝爾格公爵素來水火不容，所以本宮還以為他已經被收拾掉了，沒想到居然被當成先鋒消耗。這世道真是艱難呢。」

說著說著，泰蕾絲將掛在自己脖子上的望遠鏡拿到我面前。

我和泰蕾絲的臉貼在一起，她身上的香氣刺激著我的鼻子，但我努力不去在意，觀察敵軍的前衛。

「隊列不太平均呢，也有一些看起來像精銳的部隊。」

「大概是不確定是否忠誠，所以被紐倫貝爾格公爵判斷為不需要的貴族。那傢伙不管做什麼都想合理地進行。」

動員了我們、其他魔法師及許多士兵後，終於在索畢特大荒地完成了一個雄偉的野戰陣地。

為了防止反叛軍北上，我們用土和岩石蓋了一面足以和大規模城牆匹敵、又高又長的石牆。

石牆前面也設有好幾層用來阻擋騎兵的柵欄，並挖了許多壕溝。

在之前的會議中，決定我軍的名稱是解放軍。意思是打算將帝國從反叛軍手中解放的軍隊。這支解放軍不管再怎麼掙扎，兵力都不像反叛軍那麼完備。

泰蕾絲選擇了先暫時以索畢特大荒地為防衛主體，透過交戰減少敵軍的戰略。

自從反叛爆發，已經過了約三個月。

索畢特大荒地已經成了解放軍的一大軍事據點。

泰蕾絲忙著指揮大家將這裡軍事據點化、整合後方的統治和貴族們替長期戰做準備，以及組織解放軍和維持補給體制。

我們也各自完成自己被交付的工作。

我和卡特琳娜負責野戰陣地的擴張工程，輔佐布蘭塔克先生指導其他魔法師。

露易絲和薇爾瑪幫忙進行戰鬥訓練。

艾爾在菲利浦底下學習如何指揮軍隊，同時也和遙進行刀法訓練。

話說回來，導師平常到底都在做什麼？

他不知為何一下為了野戰陣地的工程與開墾揮灑汗水，一下跑去附近狩獵。

武臣先生則是貫徹在我身旁擔任護衛的職責。

只要偶爾有空，他就會對艾爾和遙露出憤怒的表情，但艾爾和遙毫不在意。

他們打造出只有兩人的世界。

「遙小時候是個非常黏我和哥哥的孩子……」

「不過她遲早還是會變成大人。」

「我才不承認這種事——！」

布蘭塔克先生打斷武臣先生的美好回憶，害他哭著跑掉了。

雖然我覺得他差不多該成熟一點了，但妹控似乎沒那麼容易治好。

「菲利浦大人，這幾乎就是敵人的全部兵力嗎？」

「目前看來是如此。再過一段時間，能派到前線的兵力或許會增加也不一定。」

「因為鞏固帝都周邊的勢力和收拾入侵的王國軍很花時間。我們也是趁這段期間完成了這個野戰陣地。想跨越這裡，必定得付出犧牲。因為紐倫貝爾格公爵不想犧牲自己手中的棋子，所以才會派那些被他當成消耗品的人到前線。」

泰蕾絲在認出前線那些貴族後，獲得了確信。

菲利浦說得沒錯，前線那些人都是負責承受損害的部隊。

所以即使他們裝備不精又訓練不足，也不會構成問題。

「雖然不管要擊退或殲滅都辦得到……」

「沒錯，但我軍也會被消耗。」

就算對手不強也會產生犧牲，士兵也會疲憊。
應該也會消耗大量箭矢吧。
若在資源被耗盡時遭到主力精銳攻擊，這個野戰陣地可能會淪陷。
「雖然這是個殘酷的策略，但非常有效。」
「而且也沒有方法能阻止。」
只把不需要的貴族和士兵當成消耗品，真是合理到可怕的想法。
「雖然或許很多人都想得到這個方法，但紐倫貝爾格公爵的可怕之處，就在於他真的會加以實行。」
「準備迎擊！」
在泰蕾絲的命令傳達給全軍的同時，反叛軍……沒有行動。
儘管雙方已經進入備戰狀態，但敵軍卻派了五個騎馬的人過來。其中三個像是護衛的騎士，高舉著白旗。剩下兩人……我對其中一人有印象，那是紐倫貝爾格公爵。
該不會他想只帶那些護衛就過來吧。
「吶，只要威爾現在用魔法打倒他，就能結束內戰吧？」
「不能攻擊舉白旗的人吧。」
「果然不行啊……」
除了投降以外，白旗還代表想派人過來交涉，別不小心攻擊到使者的意思。若現在攻擊紐倫貝爾格公爵，泰蕾絲一定會被當成卑鄙小人。

雖說是內亂，但還是得遵守最低限度的規則。

「唉，反正攻擊也沒用。」

「布蘭塔克先生，這是為什麼？」

「因為紐倫貝爾格公爵身邊有個優秀的魔法師。」

布蘭塔克先生立即回答艾爾的疑問。

「他的後面也有！看來他在鎮壓帝國中央後，將不少優秀的魔法師納入麾下！」

紐倫貝爾格公爵身旁的魔法師擁有的魔力量，在上級魔法師中也算是頂級。不愧是引發政變的人物，不可能這麼大意。既然後方也有許多實力高超的魔法師在戒備，就算我們施放魔法也傷不了他。

「在對我們表現出大膽態度的同時，也細心確保了自身的安全啊。真符合馬克斯的作風。」

「馬克斯？」

「嗯，那是紐倫貝爾格公爵的名字。我們年齡相近，且同樣年紀輕輕就繼承了當家之位。雖然不算朋友，但還算認識。」

「泰蕾絲，妳真冷淡。我們以前曾經一起玩過，所以應該算朋友吧。」

像是聽見了泰蕾絲的發言般，紐倫貝爾格公爵輕佻地向她搭話。

「馬克斯……不，紐倫貝爾格公爵。一般而言，朋友是不會互相殘殺的。」

「我們是貴族。而且還是公爵。偶爾對朋友下手，就像是職業病一樣的東西。希望妳能甘心接受。」

「哼，你還真敢說呢。話說你有什麼事？該不會是來叫我們投降的吧？」

「如果你們願意當然是最好了，這樣比較不會造成犧牲。」

「這種話由你來講就顯得很滑稽呢。」

紐倫貝爾格公爵勸泰蕾絲投降。

但她不可能投降，紐倫貝爾格公爵應該也很清楚這點。

所以他沒有繼續勸降。

「那麼，忙著假扮皇帝的你是為何而來？應該不是來找本宮閒聊吧？」

「不愧是泰蕾絲。除了我以外，就屬妳最適合當皇帝。」

「就算被你這麼稱讚，本宮也一點都不開心。」

「那真是抱歉。那麼，關於我的目的……」

紐倫貝爾格公爵以獨特的銳利視線看向我。

感覺若別開視線就輸了，因此我選擇瞪回去。

「鮑麥斯特伯爵，你果然在泰蕾絲身邊啊。」

「不曉得哪個笨蛋在帝都引發政變，害我被捲了進去。我明明忙著整頓自己的領地。」

我刻意將紐倫貝爾格公爵當成笨蛋挑釁他。

「你真有膽識。我愈來愈想要你這個人才了。鮑麥斯特伯爵，成為我的左右手，協助我統一琳蓋亞大陸吧。」

紐倫貝爾格公爵似乎想收我當家臣，居然直截了當地挖角我，友軍裡也開始傳來竊竊私語的聲音。

大概是在討論我背叛的可能性吧？

「真不巧，我現在已經夠忙了。要是再變得更忙，可能會過勞死。」

我想早點回鮑麥斯特伯爵領地。沒空陪紐倫貝爾格公爵玩假裝統一天下的遊戲。

「而且這樣你旁邊的魔法師會哭喔。」

「塔蘭托嗎？他是特別的。即使鮑麥斯特伯爵成為我的左右手，他也不會嫉妒。」

原來那個魔法師叫塔蘭托啊。其實比起紐倫貝爾格公爵，我對他更有興趣。

我一開始只覺得他是厲害到足以待在紐倫貝爾格公爵身邊的魔法師，但實際打過照面後，他讓我感到不寒而慄。

布蘭塔克先生也表情僵硬地試探他的魔力。導師也在這寒冷的天氣流下冷汗。

我確定他比那四兄弟還強，但還是看不透他。

明明就在眼前，但彷彿只要稍微移開視線就會遺忘他的形象，他的存在感就是如此稀薄。

這存在感與他的實力不符。雖然想試探這是不是某種魔法，但連布蘭塔克先生都看不穿他的真面目。

布蘭塔克先生的額頭也隱約冒出汗水。

「鮑麥斯特伯爵啊，看來你似乎明白塔蘭托的實力。話先說在前頭，鮑麥斯特伯爵絕對贏不了他！不只如此，阿姆斯壯導師，就連你也一樣！」

姑且不論我，居然有連赫爾穆特王國最強的導師都贏不了的魔法師？

雖然魔力量應該是導師較高，但困擾的是我無法立即否定紐倫貝爾格公爵的預言。

即使存在感薄弱，塔蘭托仍是個優秀的魔法師。

總之他給人的感覺非常詭異。

「鮑麥斯特伯爵，我對你的評價很高。你並非愚蠢的戰鬥狂，不如說你正是太平盛世需要的人物。讓你在這裡被塔蘭托殺掉實在太可惜了。我勸你立刻投降。還是說你迷戀上泰蕾絲了？」

「沒這回事。」

「喂！威德林！別立刻否定啦！」

「看來即使是泰蕾絲，在攻陷喜歡的男性方面還是顯得經驗不足呢。」

「本宮才不想被你這麼說！你明明到這年紀都還單身！」

「我平常很忙，工作就是我的妻子。那麼，既然交涉似乎已經決裂，我就先告辭了。雖然或許我不應該這麼說，但祈禱泰蕾絲你們能夠平安無事。」

丟下這句話後，紐倫貝爾格公爵華麗地讓馬掉頭返回自己的陣地。

「決裂了呢。」

「威德林，你覺得交涉有可能成立嗎？」

「不，只是說說而已。」

即使是我，也沒樂觀到認為泰蕾絲和紐倫貝爾格公爵會和解。

「說得也是。話說你好像有點不安？」

「是因為那個叫塔蘭托的魔法師。」

不只是我，布蘭塔克先生、導師和艾莉絲他們在親眼見過他後，也都覺得他很詭異。大家在他離開後，都鬆了一口氣。

「就連不是魔法師的本宮，都覺得那男人很詭異……」

「泰蕾絲大人，您能回想起塔蘭托的長相嗎？」

「不是才剛看過嗎？那個男人……咦？是長什麼樣子來著？」

那傢伙有古怪。

幾秒前才看過的臉居然會想不起來……他應該是使用了某種特殊魔法。

必須實際戰鬥過，才能知道那是什麼魔法。若是沒見過就幾乎無法抵禦的魔法，即使是導師也可能落敗。

至於為何我能如此斷定，這是身為魔法師的直覺。

儘管直覺給人不確定的印象，但其實不論師傅或布蘭塔克先生，都告訴我那非常重要。

「沒時間了！這裡就交給在下！」

「不，三人一起圍攻他吧。戰爭本來就沒什麼道義可言！」
「只能這麼做了！」
在我們決定好大致的作戰後，反叛軍開始展開大規模的行動。
前衛部隊——約四萬人開始一齊對野戰陣地發動突襲。
「反叛軍的前衛推定是四萬人。他們打算一口氣耗光我們的迎擊能力。」
中央的主力部隊移動到正門上方，泰蕾絲優雅地眺望反叛軍前衛部隊的突擊。
那裡當然也會有箭矢和魔法飛過來，但為此待命的布蘭塔克先生和卡特琳娜用「魔法障壁」將那些攻擊擋了下來。
那些魔法都是來自初級的魔法師，所以他們抵擋得很輕鬆。
泰蕾絲指揮的中央軍也包含了瑞穗伯國軍，他們立刻發射魔法道具版本的弩砲和魔大砲。
魔大砲是一種用魔力發射砲彈的大砲。其實王國和帝國雙方都有研究這種兵器。他們認為既然這比魔槍大，需要的技術水準應該也比較低。
然而兩國用來製造砲身的素材強度太低，因此根本無法用在實戰。
直到聽過瑞穗上級伯爵的說明，我才知道這些事情。
感覺就是因為瑞穗伯國能將這些東西和魔槍一起實用化，紐倫貝爾格公爵才會對他們產生警戒。
儘管這些武器在強度和成本方面都有待改進，但還是接連擊倒了許多進入射程範圍的敵兵。
他們並非使用普通的砲彈，而是在布袋裡裝滿鐵釘和石頭，當成榴彈使用。

此外敵兵在被壕溝和柵欄絆住腳步時，也會遭到箭矢和子彈攻擊。

敵兵接連倒下，負傷者被帶到後方，死者則是直接棄置。

最前面的小部隊幾乎已經潰不成軍，但馬上又有新的部隊接替。

儘管犧牲慘重，敵兵仍接連在壕溝上設置木板，用馬匹拉倒柵欄。

反叛軍前衛部隊在付出許多犧牲的同時，也逐漸逼近石牆。

「在他們抵達石牆前，究竟能殺死多少敵兵呢。」

負責指揮王國軍組的菲利浦替我和艾爾進行簡單的說明，同時命令王國軍組使用弓箭。

雖然他的語氣還是一樣粗魯，但考慮到過去的經歷，某方面來說也是無可奈何。

他有履行指揮官的責任，此外儘管期間不長，但他也有好好教育艾爾，所以我也無法抱怨。

「感覺好像在浪費士兵……」

「並非如此。」

菲利浦似乎完全不覺得紐倫貝爾格公爵的戰法有哪裡奇怪。

「不論是先派出精銳，還是派出棄子，只要不攻下這座野戰陣地，反叛軍就無法北上。既然如此，先利用棄子消耗我們的實力很正常吧？」

理性地將戰力化為單純的數值。

這對指揮官來說或許是必要的才能，但我還是無法看得那麼開。

換句話說，就是我不適合當軍人。

「即使不用勉強正面進攻，應該也能用迂迴或奇襲之類的手段……」

「鮑麥斯特伯爵。雖然你講得很簡單，但奇襲其實沒那麼容易。」

「是這樣嗎？」

「在這個野戰陣地北方擁有領地的諸侯，大多都隸屬解放軍。即使迂迴，也馬上會被通報並遭到反擊。順帶一提，即使想奇襲，也會輕易被菲利浦公爵和瑞穗上級伯爵的索敵網捕捉到。」

看來現實似乎無法像戰記故事那樣，輕易靠奇襲改變戰況。

難怪奇襲成功的人會被記載在歷史教科書裡。

「話說菲利浦大人，你之前為什麼會輸啊？」

「因為紐倫貝爾格公爵占據了優秀的地利，外加雷格侯爵是個無能到可怕的軍人。既然主力部隊在遭到奇襲後徹底潰敗，那就只剩下整合殘兵逃跑以減少犧牲這條路了。」

菲利浦在那種狀況下北上並逃來了這裡。

而且他現在也指揮得非常好，看來艾德格軍務卿看人還滿準的。

「要是你在之前的紛爭，也能好好發揮身為軍人的能力就好了……」

「就是說啊。」

「哥哥，要是一開始就能這麼做，我根本就不會在紛爭中落敗，甚至連紛爭都不會發生。」

在王國軍組後方支援的克里斯多夫如此嘟囔道。

這兩個人應該是被自己的外戚和家臣壓垮，才會走上錯誤的道路吧。

若沒有因為繼承問題起爭執，那場出兵從一開始就不會發生。

畢竟設法逼我娶卡露拉，才是更有建設性又不用花費成本的方法。

「若是在這場戰爭中獲勝，或許能獲得爵位也不一定。盡量大開殺戒吧。箭矢的庫存暫時還沒問題。」

雖然我覺得克里斯多夫這樣講不太好，但他並沒有說錯。

我們所做的事情，就只是在殺害反叛軍的士兵和將領。

「鮑麥斯特伯爵可以先保留魔力。」

過了約三小時後，敵軍的部隊已經貼近石牆。

感覺以棄子部隊來說，他們算是頗為奮戰，但理由很簡單。

因為後面的督戰部隊，隨時準備對他們發射大量箭矢。

順帶一提，紐倫貝爾格公爵將上級魔法師都集中到自己的直屬部隊。

這讓敵兵覺得若逃跑或背叛，就會被魔法攻擊。

再來就是家人也被當成人質了吧。

「真是太沒人性了！」

「雖然這招滿有效的。」

從紐倫貝爾格公爵的角度來看，即使前衛部隊全滅，只要能為預備兵力不多的解放軍帶來損害就算贏了。

若能順便收拾掉他們，就能自由處分他們的領地和爵位。

將這些交給部下後，又能增強紐倫貝爾格公爵的支配權。

導師和布蘭塔克先生都理解這點，儘管他們對話時的語氣一如往常，但內心似乎都覺得很不痛快。

在布蘭塔克先生回話時，導師朝督戰部隊扔出巨大的岩石。

被巨岩直接擊中的弓兵們，像蟲子般被壓死。

雖然沒想到離這麼遠也會被擊中的指揮官急著想後退，但立刻被導師丟的下一顆岩石壓死。

「不管再怎麼生氣，也無法把全部的督戰部隊都收拾掉！」

即使只有一支督戰部隊被投石擊潰，但還是足以讓反叛軍嚇破膽。

最前線部隊的攻勢也減弱了。

「那個……布蘭塔克先生。」

「伯爵大人，你必須繼續保留魔力。」

泰蕾絲優雅地坐在大本營督戰，提升我軍的士氣。

飛過來的魔法和箭矢，全都被布蘭塔克先生和卡特琳娜的「魔法障壁」擋下。

我們的作戰是讓兩人集中精神工作以確保泰蕾絲的安全，好讓菲利浦公爵家的專屬魔法師們能被分派到各個部隊，用魔法強化攻擊和防禦。

「艾莉絲還好嗎？」

「目前好像沒那麼多傷患。」

缺乏攻擊手段的艾莉絲，這次也在後方負責治療士兵。

伊娜持續投擲長槍，露易絲也用繩狀的投石器將從這附近收集來的大量岩石與石塊丟出去。

她用少量魔力強化威力，靈巧地扔中士兵的臉部。

只要直接命中臉部，頭破血流的他們就會被送到後方，甚至還有士兵因此喪命。

「敵人的攻勢一直沒減弱呢。」

「真是纏人。」

連續進行相同的作業，讓兩人感到精神疲憊。

「找到了。」

薇爾瑪持續用從瑞穗上級伯爵那裡借來的試做型狙擊用魔槍，狙擊指揮官和魔法師。

結果這把魔槍要求的遠距離狙擊技術與才能相當高，目前只有薇爾瑪有辦法運用，所以只有她在使用。

她接連進行狙擊，魔力不足時就用事先準備好的魔晶石補充。

沉默的薇爾瑪，像某〇髏13那樣持續狙擊。

「威德林先生要保留魔力嗎？」

「畢竟要是那傢伙參戰會很麻煩。」

「那個男人嗎……我記得，是叫塔蘭托……」

儘管已經想不起來長相，但這是紐倫貝爾格公爵珍惜地留在身邊的魔法師的名字。
紐倫貝爾格公爵把他當成甚至能夠打倒我和導師的祕密武器，因此我們很在意紐倫貝爾格公爵何時會讓他參戰。
就在我們這麼想時，反叛軍那裡似乎發生了什麼騷動。
那個男人終於踏著幽靈般的腳步，開始走向我們。
他對戰場上的敵軍和友軍都視若無睹。
只是緩緩地走向我們所在的正門。
令人感到詭異的還有一點。
我方的守軍完全沒對走向這裡的他發射任何箭矢或魔法。
「（能意識到塔蘭托的人不多嗎？）」
他的詭異再次讓我冒出冷汗。
「威爾！那傢伙有點奇怪！」
「氣息真薄弱……又不是幽魂……」
即使如此，薇爾瑪仍進行狙擊，露易絲也扔出巨岩，但全都被他用「魔法障壁」擋下。
他果然是個優秀的魔法師。
「那個，塔蘭托大人……」
「不用在意我。繼續攻擊。」

「遵命。」

連塔蘭托的同伴都遠離他，最後他獨自站在正門前輕聲喊道：

「鮑麥斯特伯爵，我來殺你了。」

明明聲音不大，但仍穿越了充滿各種聲響的戰場，清晰地傳到我的耳中。

塔蘭托之前一直保持沉默，這是我第一次聽見他的聲音，但果然還是感覺不到任何特徵。

他明明只是淡淡地說話，但反而讓我感到更加詭異。

「真是令人毛骨悚然。」

導師也從塔蘭托身上感覺到一股難以言喻的詭異。

「伯爵大人，泰蕾絲大人已經下達許可了。我和導師也會戰鬥。覺得圍攻太卑鄙這種無聊的自尊心就先丟一邊吧。」

「我知道了。」

「那就上吧！」

我們用梯子爬下石牆，與站在正門前方的塔蘭托對峙。

正門前的反叛軍已經離開。

不曉得是因為不想打擾看起來地位不低的塔蘭托，還是連反叛軍都覺得他詭異，但總之誰也沒靠近這裡。

「這場景看起來真奇怪。」
唯獨正門附近，兩軍都停止交戰觀望我們的戰鬥。
其他地方都和之前一樣繼續死鬥，這個落差讓人感到詭異不已。
至於為何會變成這種狀態，果然還是因為這個叫塔蘭托的男人散發出來的奇特氣氛。
我找不到其他解釋。
「不好意思，我們有無法一對一決鬥的苦衷！」
「這是正確的作法。」
塔蘭托不僅沒否定導師的理由，還表示贊同。
「那麼，我們開始吧。」
我們一準備展開魔法，塔蘭托就突然以缺乏抑揚頓挫與特徵的聲音說道：
「雖然我從小就擁有魔力，但不知為何沒什麼存在感。」
他並非特別針對誰，只是在自言自語，讓我們忍不住猶豫該不該攻擊。
因為擔心他是否要施展什麼特殊的魔法，我們急忙準備「魔法障壁」。
「即使成為高階魔法師後也一樣。很少有人會想僱用我。我曾經煩惱過原因，但這個問題在某天獲得了解決。」
「你做了什麼？」
「我稀薄的存在感，是學會某種特殊魔法的條件。名叫塔蘭托的男人，只是用來使用那個魔法的容器。」

「特殊魔法？」

「沒錯。我的魔法是一種叫『英靈召喚』的『聖』魔法。鮑麥斯特伯爵、布蘭塔克、阿姆斯壯導師，就讓過去的英雄，替你們的人生劃下句點吧。」

塔蘭托將雙手伸向天空，接著天空劈下一道落雷直擊他的身體。

我忍不住閉上眼睛，等重新睜開眼睛時，已經看不見塔蘭托的身影。

取而代之的是一位和我認識的熟人極為相似的人物。

那人擁有被肌肉鎧甲覆蓋的龐大身軀，身穿紫色的長袍，雙手裝著手指虎。

站在那裡的，是留著顯眼的鳳梨頭與翹八字鬍，和導師長得一模一樣的人物。

「導師！」

我忍不住看向一旁的導師，但他沒有移動。這表示那是別人。

「吾乃亞亨特．米海爾．馮．阿姆斯壯。」

就連聲音也和導師非常像。

唯一的差別只有他沒拿魔杖，以及雙手裝著手指虎。

「是祖先大人嗎？」

「祖先？」

「沒錯，其實初代阿姆斯壯伯爵是魔法師！」

這麼震撼的事實我還是第一次聽見。
「貧窮騎士的繼承人碰巧是魔法師，並因此當上了伯爵！」
阿姆斯壯伯爵家，也是靠魔法興起的家系。
「話說你們長得真像呢。」
因為對方長得真的和導師很像，布蘭塔克先生佩服地說道。
不過他馬上露出奸詐的笑容。
「雖然不曉得什麼『英靈召喚』，但對方挑錯人了。上吧！」
沒時間閒聊了。應該立刻收拾掉塔蘭托。
我們三人互望彼此一眼後，便一齊攻擊塔蘭托。
「初代是更勝於在下的格鬥專家！」
「那就由導師接招吧。」
塔蘭托明顯挑了一個錯誤的人選變身。雖然導師的祖先確實擁有驚人的力量，但導師絕對能承受他的攻擊。
「話雖如此！在下的手臂好麻啊！」
導師用雙手擋下祖先的拳頭，我和布蘭塔克先生趁機從他左右兩側發射「火炎球」。
我本來以為會直接命中，但導師的祖先用灌注魔力的踢擊和頭錘擋下兩顆「火炎球」。
「導師，你的祖先還真不得了。」

「就是啊！」

即使不會用魔鬥流的招式，但導師的祖先與其說是魔法師，不如說是比露易絲還強的魔法拳鬥士。

而且他似乎完全不會使用放出魔法。

「（不過很好對付。）」

他的確很強，但並未超出我們的預料。何況我們是三對一，所以只要等對方的魔力耗盡就能取勝。

就在我這麼想時，導師的祖先稍微後退。

「有點玩過頭了……果然如果不是和自己同系統的英雄，就無法發揮實力。」

外表變成初代阿姆斯壯伯爵的塔蘭托，再次將手伸向天空。

閃電再次落下，等光芒消失時，塔蘭托已經變成別人。

「雖然同樣是魔法師，但這個男人的戰鬥方式應該和我比較相似。那麼，威爾，我們開始吧。」

「難不成……」

等閃電消失，看見塔蘭托的新姿態時，我的時間停止了。

因為他變身的人物，讓我的內心激烈地動搖。

沒錯，我忘不了那個人。

即使已經過了十年以上，但那是在我小時候教我魔法的人。

我的師傅艾弗烈．雷福德，以和過去相同的外表站在我的面前。

「艾弗！」

「艾弗烈！」

布蘭塔克先生大聲呼喊突然出現在眼前的弟子。

導師也因為好友登場而難掩驚訝。

而我也呆站在原地。

「不可能……那是只有外表相同的冒牌貨……」

「不對，威爾。『英靈召喚』是讓存在感稀薄到接近無的塔蘭托，與以前去世的人物融合的魔法。所以現在的我既是塔蘭托，也是艾弗烈。」

不論外表、打扮或聲音，全都和師傅一模一樣。

接著塔蘭托粉碎了我期待對方是冒牌貨的希望。

「威爾，你習慣在慣用手多灌注一點魔力。雖然改善了很多，但還需要繼續努力。」

「不可能……」

我以前和師傅一起修行時，他也曾經像這樣給我建議。

雖然布蘭塔克先生也說過相同的事情，但既然一字一句都和師傅說過的話一樣，那我只能承認眼前的人是真正的師傅。

「那麼，身為弟子的威爾有辦法戰勝我這個師傅嗎？放心吧，即使威爾死掉，我也會在另一個

世界繼續指導你的魔法。」
我被迫與好不容易再見的師傅戰鬥。
「師傅！這是為什麼？」
「威爾，你這話還真是奇怪。只要考慮我現在的立場就能明白吧。」
即使隔了約十年才再次與師傅重逢，我卻被迫與他戰鬥。
「（那真的是師傅嗎？）」
既然不曉得「英靈召喚」的原理，就無法知道答案。
「那麼，讓我見識一下你的實力進步了多少吧。」
師傅在頭上製造了數十個浮在空中、大小和躲避球差不多大的「冰彈」，然後朝我發射。我旁邊的布蘭塔克先生和導師也同樣被波及，兩人為了閃躲而拉開與我的距離。
「可惡！」
根據事先商量好的作戰，無法輕易離開這裡的我用「魔法障壁」防禦，但其中一個「冰彈」藏了陷阱。
對方刻意賦予「冰彈」不同程度的貫穿力，只有其中一個貫穿「魔法障壁」襲向我的臉。
我立刻閃躲，但「冰彈」仍擦過我的臉頰留下傷口。
儘管只是輕傷，我還是非常震驚。
「（只對一個『冰彈』灌注較多的魔力，其他都是誘餌啊！在節省魔力的同時，以少量魔力貫穿我的『魔法障壁』。能做到這種事的人……）」

這種使用魔法的方法和巧妙的攻擊方式，只有師傅辦得到。

再來就是布蘭塔克先生吧。

不論魔力再怎麼高，年紀尚輕的我和卡特琳娜終究還是無法模仿。

「威爾，你以為這只是單純的變裝嗎？」

接著幾十顆岩彈，命中了我展開的「魔法障壁」。

這次一樣只有一顆貫穿了「魔法障壁」，被擊中的右肩傳來劇痛。

幸好「魔法障壁」和我身上的長袍削弱了岩彈的威力，我才得以倖免於難。

師傅留給我的長袍，減輕了師傅發動的攻擊。

這未免太諷刺了。

「艾弗！」

「艾弗烈！」

布蘭塔克先生和導師趕來支援我，但他們腳邊突然生出岩刺。

若被足以貫穿「魔法障壁」的攻擊打中，一定會被刺穿。

光是顧慮這個可能性，就讓兩人動彈不得。

師傅並沒有使用那麼大量的魔力。

然而我們三人卻被他一個人玩弄在手掌心。

「魔法的關鍵在於想像。你的魔力量已經遠比我們剛認識時高，但控制得還不夠好。雖然太年輕不是你的錯，然而戰場上這種藉口可行不通。真可惜，我又想繼續指導你了。」

這個師傅是本人的可能性愈來愈高了。

因為只有師傅有辦法使用這種戰鬥方式。

「好久不見了，老師。」

「這種叫法……」

「直到二十歲前，我不是都這樣稱呼您嗎？」

「怎麼可能……塔蘭托那傢伙，不可能知道艾弗平常怎麼稱呼我……」

一發現這個師傅是本人，布蘭塔克先生變得臉色蒼白。

「威德林先生！師傅！」

看見我們三人被師傅一人玩弄在手掌心，在石牆上戰鬥的卡特琳娜大聲呼喊。

「只有在下沒被擔心……」

師傅也無視導師的嘟囔，導師大概從以前就被認為是殺不死的存在吧。

「卡特琳娜姑娘，我能理解妳的心情，但別隨便插手。那個男人就連這種事都能利用。比起這個……」

「是的，防守大本營的工作就交給我吧。」

「抱歉了。」

「雖然其實我很想協助威德林先生……」

「真的很抱歉，但妳絕對不能和變成艾弗的塔蘭托扯上關係。」

塔蘭托變成師傅這招非常有效。

因為我、布蘭塔克先生和導師都被迫離開戰場。

若連卡特琳娜都離開，解放軍的大本營會有危險。

「不過若威德林先生有什麼萬一，即使是師傅我也……」

「就算得賠上我這條命，我也不會讓伯爵大人死。」

「我知道了。」

卡特琳娜聽從布蘭塔克先生的命令，開始專心防守我方的大本營。

「話雖如此，對手是艾弗啊……他這種類型的魔法師最棘手了……」

「克林姆也好久不見了。」

「這個叫法……」

「真冷淡。難道你忘了我這個好友了嗎？」

師傅也笑著向導師搭話，但他完全沒露出破綻。即使現在施展魔法，也無法打中師傅。只會反過來被利用，害自己受更多傷。

「艾弗烈！你這傢伙！」

「現在的我，只是藉由塔蘭托的身體出現在這個世界的存在。雖然遺憾，但在立場上，我無法違抗塔蘭托……」

「……」

「我個人也不贊成塔蘭托這種愚弄死者的作法，所以你們可以三個一起上。不過……」

師傅的笑臉瞬間換成嚴肅的表情。

「有方法能讓三對一變成三對三。雖然是很久以前的遺物……」

師傅從懷裡掏出某個東西，扔到導師和布蘭塔克先生面前。

那個掉在地面的東西，是一顆拳頭大小並散發黑色光澤的魔晶石，上面刻著陌生的規則花紋並附有銀色的外框，像是某種裝飾品。

「這是古代魔法聞名的遺產，通稱『木偶』。不僅是使用者的外表，這東西連使用者的能力都能一起複製。老師和克林姆的對手也由我來準備。請各位盡情戰鬥吧。」

兩個怎麼看都是裝飾品的人偶變成師傅的樣子，與導師和布蘭塔克先生戰鬥。

「唔喔！」

「嘖！」

即使外表相似，兩人也不可能輸給冒牌貨。然而出乎我預料的是，兩人都陷入苦戰。

「威爾，你以為區區人偶，不可能有辦法和老師與克林姆為敵吧？不過那個木偶可以透過事先輸入詳細的情報來調整，意外地不能小看喔。」

「唔喔——！」

導師像平常一樣對全身灌注魔力，連續對木偶發動攻擊。

然而那些攻擊全都落空了。

「唔呃……」

然後因為攻擊落空露出破綻的導師腹部，被木偶結實地踢中。那股疼痛讓導師露出苦悶的表情。

「導師！」

「我說過能夠調整了吧？克林姆的攻擊模式，我大致都知道。只要活用這項資訊，就算是木偶也能和他勢均力敵地戰鬥。」

我總算理解為何導師以前會將師傅當成競爭對手了。明明魔力量遠勝師傅，為什麼導師會發自內心地害怕他？如今那個答案以最壞的形式顯現出來。

「……」

「老師，時間真是殘酷。」

「是啊……」

面對師傅的木偶，布蘭塔克先生只能不斷防守。

這是因為師傅的實力早就超越布蘭塔克先生了。

雖然兩人同樣是上級魔法師，但魔力量有很大的差距，即使布蘭塔克先生的技術較為精湛，但師傅也沒差到哪兒去。

若正常戰鬥，師傅的木偶能夠輕易擊敗布蘭塔克先生。

「光是保住性命就竭盡全力了！」
之後布蘭塔克先生就連說話的餘裕都沒有，只能不斷閃躲木偶的攻擊。
只要布蘭塔克先生稍微露出破綻，就會立刻被木偶打倒。
若和真正的師傅單挑，布蘭塔克先生很可能會被殺掉。
「那麼，既然已經拖住那兩人，再來就輪到威爾了。」
總算變成一對一後，師傅笑著不斷對我發動攻擊。
這次他換使出許多小規模的「風刃」攻擊我。
而且果然還是一樣只有一個「風刃」將風壓縮到極限，輕易貫穿了我的「魔法障壁」。
被劃開的肌肉嚴重出血。
雖然是深到必須縫合的傷口，但我急忙連同剛才那兩個傷口一起用治癒魔法治療。
我和師傅的戰鬥，是我壓倒性地不利。
和向他學習魔法時的我相比，現在的我不論魔力量或能使用的魔法種類都已今非昔比。
所以我本來驕傲地以為即使面對真正的師傅，我還是能贏。
然而實際戰鬥過後，就變成這個樣子。
師傅現在的魔力量比我還少，但和一般的魔法師相比仍在上級之上。
他有效率地使用超出一般水平的魔力，巧妙地利用我的破綻對我造成傷害。
「他果然沒那麼好對付……唉，至少能夠爭取時間。」

師傅發現導師已經看穿木偶的攻擊模式，正逐漸展開反擊。

人類是會學習的生物，所以只要不被木偶打倒，就能找到反擊的機會。

「木偶就像是我的量產品。老師頂多和它打成平手吧？至於克林姆那邊應該只能再撐十分鐘。不過這不成問題。」

理由是師傅判斷他能在十分鐘內殺了我。

在師傅持續發動攻擊時，我也有試著勉強反擊，但根本打不中。

「威爾，即使不必詠唱魔法，還是有可能因為身體的動作和停頓被看穿。能在對手發動魔法前迴避，才算是能獨當一面的魔法師。」

師傅像是在教學般向我搭話，並接連用魔法擊中我。

他基本上只有蒙蔽我的視線，再利用假動作對我使出討人厭的一擊。

明明知道師傅的手法，但我還是無法防禦他的攻擊不斷負傷。師傅以遠勝於我的魔法技術持續讓我負傷，不管我再怎麼治療都趕不上。

「威爾，沒事吧？」

「……」

儘管堅固的長袍沒破，但底下的襯衫和褲子已經四分五裂被鮮血染紅。

即使傷口能靠治癒魔法治好，持續負傷還是會讓精神感到嚴重疲勞。

出血量也逐漸增加，治癒魔法無法補充失去的血液，所以身體也變得有點沉重。

「意外地頑強呢。撐得比我預料的還要久？不過……」

明明我已經快喘不過氣，師傅仍遊刃有餘地向布蘭塔克先生搭話。

「老師，威爾成長了。唯一遺憾的是，他似乎沒有時間繼續成長了……」

師傅露出發自內心感到遺憾的表情。

「你真的打算殺害自己的弟子嗎？」

「我會下手。這是無可奈何的事情。雖然塔蘭托現在沒現身，但主導權仍在他手上，我無法違抗他。不過真是可惜，明明培育出了這麼優秀的魔法師。」

「艾弗烈！」

導師突然大聲打斷兩人的對話。

他也無法順利發揮引以為傲的力量，作為王國首席魔導師證明的紫色長袍沾滿灰塵，就連臉上都出現擦傷。在這之前，我根本無法想像導師負傷的樣子。

「克林姆，他的動作是你訓練出來的嗎？」

「有哪裡教得不夠好嗎？」

「沒有，威爾還年輕，全都是時間能解決的問題。不過……他已經沒有那種時間了。」

「艾弗烈——！」

導師無視與自己戰鬥的木偶，衝向師傅。

他在拳頭上纏繞大量的魔力，如果是正常人被擊中，身體一定會立刻爆裂死亡。

然而那對師傅完全不管用。師傅立刻讓雙手充滿魔力，架開導師的攻擊。導師順勢衝向師傅斜後方的地面。

雖然地面像是被隕石擊中般塵土飛揚，但師傅用灌注了魔力的雙手精準地揮開那些飛向自己的碎石。

他的動作毫無破綻。

「跟以前一樣……不對，威力更強了。唉，雖然打不中也沒意義。」

「導師！」

「在下就是害怕這種可能性！陛下也是因為明白這點……」

「克林姆，我和你戰鬥時並沒有特別有利。畢竟只要被你擊中一次，我就會受到致命傷。別看我這樣，我可是心驚膽跳地在閃躲你的攻擊。」

象徵「動」的導師與象徵「靜」的師傅。

兩人的類型完全不同，無論哪一方當上王國首席魔導師都不奇怪。

「比起這個，你們三人又聚在一起了呢。真是出乎意料。」

即使陷入苦戰，布蘭塔克先生和導師還是活用過去的戰鬥經驗，逐漸縮短他們與我之間的距離。

現在沒有餘裕去管這樣卑不卑鄙，只剩下三人一起將師傅送回原本的世界這條路。

「不過我早就想好對策了。」

師傅從自己的袋子裡拿出某個大型物品，扔到後方。

那是巨大的魔晶石。

「魔晶石？」

「老師，這是從魔導飛行船上回收的東西。」

因為之前的裝置會讓魔導飛行船無法使用，所以才把魔石拿來用嗎？

仔細一看，魔晶石表面覆蓋了一層像銀色網子的東西。

那是什麼？為了防止掉落時碎裂而加上去的網子嗎？

不對，姑且不論魔石，魔晶石應該沒那麼容易碎。

更重要的是，師傅為什麼要拿出那塊魔晶石？

在我找出答案前，師傅先行動了。

「我的弱點是魔力量。雖然我對這部分也滿有自信的，但我知道自己遠遠比不上克林姆和威爾。」

「艾弗，你想做什麼？」

「老師，我從紐倫貝爾格公爵那裡獲得了填補這部分的方法。不夠的魔力，只要從外面補充就行了。」

在師傅與兩個木偶排成一直線的瞬間，他的魔力量逐漸增大。

「為什麼魔力會在這個狀態下增加？原來如此！是後方的魔晶石！」

那個魔晶石是用來啟動大型魔導飛行船，所以儲存了龐大的魔力。

「不過為什麼不用碰觸就能使用！」

也難怪導師會驚訝。畢竟用魔石或魔晶石補充魔力時，一定得碰觸到本體，但若包覆那塊魔晶石的銀色網子是某種特殊道具的話就說得通了。

替間隔一段距離的目標補充魔力。如果那是類似無線充電的裝置呢？

「不必接觸也能補充魔力真是太棒了。雖然無法讓魔力增加到超越極限，但這和拋棄式的木偶不同，即使損壞過一次也沒問題。距離近一點，木偶操縱起來也比較輕鬆。而且威爾你們三人也聚在一起了……」

師傅的魔力已經完全回復，木偶也儲存了更多的魔力。

「那麼，你們擋得下這招嗎？『三角奔流』！」

隨著龐大的魔力被消耗，我們突然被魔法的暴風雨包圍。

儘管範圍只到能包圍住我們的程度，但包含了三層威力甚至足以消滅一支軍隊的攻擊。

雖然我們立刻張開「魔法障壁」，但我們這邊的魔力消耗量也不斷攀升。

暴風雨中有許多小規模的「風刃」和「岩礫」如散彈般飛舞，只要降低「魔法障壁」的強度，身體就會馬上被撕裂。

此外偶爾還會出現能穿過「魔法障壁」的「風刃」和「岩礫」。

即使威力在貫穿「魔法障壁」時會變弱，但還是能輕易讓擁有血肉之軀的人類受傷。

不只是我，導師和布蘭塔克先生身上的傷口也愈來愈多。

為了維持「魔法障壁」，我們沒空使用治癒魔法，只能持續忍耐著傷口的疼痛，直到「三角奔流」消失為止。

幾十秒後，「三角奔流」總算消失了。

「了不起。即使是上級魔法師，也很少有人能活下來。」

面對師傅的稱讚，我們一點都高興不起來。

「抱歉……我太礙手礙腳了……」

用了大量魔力來防禦的布蘭塔克先生從魔法袋裡拿出魔晶石補充魔力，同時開口道歉。布蘭塔克先生的魔力量原本就不多，即使透過魔晶石補充，也只比沒有好一點。若再來一次「三角奔流」，布蘭塔克先生很可能撐不住。

我和導師或許還能再撐一次，但這樣下去只是稍微延後喪命的時間。

在用治癒魔法療傷的同時，我也在思考起死回生的對策，但完全想不到好主意。

因為不曉得師傅何時會發動攻擊，在替布蘭塔克先生治療時也不能露出破綻。導師的治癒魔法太特殊，所以也不能交給他處理。即使效果絕佳，但太花時間，而且必須抱緊對方才能施展。導師也沒愚蠢到在師傅面前露出破綻。

「三對一還陷入苦戰……」

「感覺就像同時應付三個能立刻補充魔力的艾弗烈！真是太棘手了！」

雖然我是第一次看見導師受傷，但聽見導師因為陷入苦戰而說出喪氣話更令我驚訝。

這下或許真的大事不妙了。

「果然還是先收拾威爾比較好。」

被塔蘭托控制的師傅，偶爾會做出無情的發言。用師傅的聲音說出的那些話，為我帶來沉重的打擊，在因為受傷而不斷承受痛楚的同時，精神也逐漸被削弱。

「所以應該要……」

師傅和木偶用魔法做出三把槍，隨手扔了過來。

儘管大小和普通的槍差不多，但那是用壓縮到極限的「龍捲」魔法製成。

就連卡特琳娜也做不出那樣的威力與密度。而且那個魔法的目標不是我。

「擁有偉大的弟子真辛苦！」

師傅瞄準了三人當中最容易打倒的布蘭塔克先生。

現在的他，無法防禦那三把風槍。我立刻站到布蘭塔克先生面前。

「威德林！笨蛋！」

布蘭塔克先生難得喊出我的名字。看來我似乎是中了師傅的陷阱。

就像師傅剛才說的那樣，他的目標從一開始就不是布蘭塔克先生而是我。

我展開堅固的「魔法障壁」，順利擋下了前兩把槍。然而第三把就沒那麼容易了。我拚命強化「魔法障壁」避免被貫穿，但終於到達極限。

風槍無情地刺進我的腹部。雖然感到一股劇痛，但若就這樣被風槍貫穿，我一瞬間就會死。

我拚命集中精神削弱風槍的威力，最後總算避開了致命傷，但身體再也使不上力，讓我當場跪倒在地。

「笨蛋！為什麼要救我！明明可以趁我被幹掉的時候反擊！」

「布蘭塔克先生，那種招式對師傅行不通啦。」

面對連導師都無法成功攻擊到的師傅和兩個木偶，沒有計畫的攻擊只會浪費魔力。若布蘭塔克先生被殺，就只剩下我和導師兩人，那樣還比較危險。

「可是伯爵大人……」

「唉，我勉強保住一條小命，所以一個人都沒死。」

儘管只有爭取到一點時間，但總比讓布蘭塔克先生死掉還有希望。

即使差距不大，但或許生存機率提高了約百分之零點一。

「只要活著，就有機會想出起死回生的方法。」

「嘖，你們這對師徒還真像。艾弗以前也說過一樣的話。」

「而且師傅也在戰鬥。」

「說得也是。」

若師傅毫不猶豫地持續發動攻擊，我們早就死了。

他無法反抗召喚他的塔蘭托，所以只能刻意說些偏離主題的話，或是藉由得意地說明魔法道具來拖延時間。

師傅隱瞞反抗塔蘭托的意思，偷偷支援我們。

「伯爵大人，你還能用魔法嗎？」

「有點勉強……」

雖然魔力還有剩，但劇痛與出血讓我無法集中意識。

看來我們只是短暫逃過一劫，畢竟唯一能正常使用治癒魔法的我已經喪失戰鬥能力。

導師的治癒魔法發動條件太特殊，布蘭塔克先生正代替我竭盡全力防禦師傅和木偶放出的魔法攻擊，兩人都沒時間替我治療。而布蘭塔克先生不會使用治癒魔法，因此塔蘭托確實地將我們逼入絕境。

「導師！」

「可惡！真煩人！」

導師只會用包覆自己的「魔法障壁」，所以忙著用灌注魔力的手腳彈開魔法。

使用師傅的能力並預測到這種程度的塔蘭托，實力也非比尋常。

我一瞬間做好死亡的覺悟，但看來剛才那些掙扎奏效了。

「看來我們爭取的時間沒有白費。」

「是啊。」

我「探測」到有兩股魔力朝這裡接近。那些每天接觸的魔力，屬於我的妻子們。

「喂，卡特琳娜姑娘。」

「師傅，我有取得泰蕾絲大人的許可。她說『那個男人很危險，放著不管會對我們造成致命性的損傷，本宮允許妳去幫忙』。」

幾乎同一時間，卡特琳娜做出巨大的龍捲風包圍師傅與木偶。

「喔，妳是個很有才能的魔法師呢。不過威力卻普普通通……嗯，這應該是用來遮蔽我的視線吧。」

師傅猜得沒錯，另一個援軍艾莉絲，趁這段期間替我治療。

出血逐漸停止，疼痛和傷口也漸漸消失，但我突然被一股強烈的倦怠感包圍。這是因為持續受傷和接受治療，讓我產生強烈的疲勞感。

並不是只要持續用治癒魔法治療傷口就能永遠戰鬥下去。

因為治療傷口會消耗體力。

「另一位是優秀的治癒魔法師啊……威爾周圍真多優秀的魔法師。難怪紐倫貝爾格公爵會這麼警戒你。」

師傅破解卡特琳娜的「龍捲」，在看見她和艾莉絲後露出恍然大悟的表情。

「即使變成五個人，結果還是不會改變。小姐們，你們最好多珍惜自己美麗的性命。」

「感謝您的誇獎，但幫助丈夫也是妻子的責任。」

「我和艾莉絲小姐意見相同。而且身為弟子，怎麼能捨棄師傅呢。」

「你們是威爾的妻子啊。真厲害。我姑且先說一聲恭喜吧。雖然我現在的立場，不允許我手下留情。」

雖然多了兩人參戰後，幾乎就能擋下師傅所有的攻擊，但還是我們這邊比較不利。

「威德林先生，你的師傅強到犯規啊。」

「用魔法道具強化後，又變得更難應付了。」

若繼續像這樣防守，狀況只會愈來愈惡化。需要能改變這個局勢的攻擊。

「就算現在無法打倒他也沒關係……只要能想出逼對方撤退的作戰！」

除非奇蹟出現，否則我們應該無法在這裡打倒師傅。總之現在只要能逃跑，就有時間擬定對策，提升將來的勝率。

「（快想啊……）」

有什麼方法能逼師傅……逼塔蘭托撤退……魔力用盡？不可能吧。從大型魔導飛行船那裡接收的魔晶石不可能只有一個，而且還有不必碰觸就能補充魔力的魔法道具。

他的魔法袋裡一定還有備用品。

師傅目前的實力遠勝我們三人，在卡特琳娜和艾莉絲來支援後也完全沒陷入不利，所以即使攻擊他也沒意義。這麼一來……

「（布蘭塔克先生，這裡離紐倫貝爾格公爵的大本營有多遠？）」

若紐倫貝爾格公爵陷入危機，將身體借給師傅的塔蘭托或許會有所行動。

我們能從中找出勝算嗎？

「（伯爵大人，那個紐倫貝爾格公爵行事謹慎。他所在的地方，周圍一定有許多上級魔法師的反應。）」

不愧是在「探測」方面無人能出其右的布蘭塔克先生。

在這場苦戰中，他已經找出紐倫貝爾格公爵的所在位置。

「（即使用高威力的魔法狙擊，也一定會被那些傢伙阻止。在戰場上，擒賊先擒王是最基本的戰術。就是因為泰蕾絲大人也有準備對策，紐倫貝爾格公爵才沒將她當成目標吧？）」

因為確定會被擋下，所以才不想祭出會平白浪費魔力的戰術嗎……

「（若能攻擊紐倫貝爾格公爵，師傅體內的塔蘭托應該就會撤退……）」

塔蘭托似乎對紐倫貝爾格公爵忠心耿耿。若主人有危險，他應該就沒餘裕對付我們了。

「（不可能，紐倫貝爾格公爵的防守非常嚴密。）」

無法攻擊大將嗎……那麼……

「（在比紐倫貝爾格公爵還要後面的地方，有魔法師的反應嗎？）」

「（嗯，在距離數公里的後方。那裡沒什麼厲害的魔法師，只有一名中級，和幾名初級的小嘍囉。）」

「就是這個。」

紐倫貝爾格公爵，你在之前的戰鬥中消耗太多魔法師了。

雖然必須讓魔法師保護自己和部下的軍隊，而且如果不在前衛部隊中配置一定數量的魔法師，就無法攻下野戰陣地，但你對某支部隊太疏忽了。

也就是為了維持這支大軍，負責管理糧食等物資的補給部隊。若用魔法袋搬運所有的物資，就無法讓魔法師上前線，所以這支補給部隊的規模應該相當龐大。

「（燒掉補給部隊？不可能吧？離這裡很遠喔。）」

若從地面發動攻擊，或許中途就會被其他魔法師阻止。就算想從上空發動攻擊，也會因為之前的裝置而無法使用「飛翔」。

布蘭塔克先生判斷這方法不可行。

「（不，應該沒問題。我打算這麼做……）」

我小聲地向布蘭塔克先生說明作戰。

「（真是亂來的作戰……何況即使成功，也不能保證艾弗會撤退吧？）」

「（師傅不會撤退，但塔蘭托應該會撤退吧。）」

師傅無法違抗塔蘭托的命令，而塔蘭托對紐倫貝爾格公爵忠心耿耿。

所以這項作戰應該有勝算。

「布蘭塔克大人！鮑麥斯特伯爵！在下快撐不住了！」

獨自應付師傅與木偶攻擊的導師，難得發出慘叫。

「（抱歉，導師。我來說明作戰。）」

布蘭塔克先生向導師說明我想出來的作戰。

「現在根本不可能打倒艾弗烈！雖然遺憾，但只能採取這個作戰了！」

「那麼，作戰開始！艾莉絲姑娘！」

「是的。」

首先，必須一擊燒毀位於敵軍大本營後方的補給部隊，以及用來供養十五萬名反叛軍的糧食臨時保管場所。

由於魔力不夠，因此我開始用艾莉絲戒指的魔力，以及從魔法袋裡拿出的魔晶石補充魔力。

我和師傅不同，只回復了最大魔力的七成。

「導師，換人！」

「布蘭塔克大人，沒問題嗎？」

「導師，我也是有自尊的！在這不到一分鐘的時間裡，我一定會擋下三人份的攻擊！」

「交給你了！」

「唉，而且還有卡特琳娜姑娘在。小姑娘，別鬆懈了！因為偶爾會摻雜一道能貫穿『魔法障壁』的攻擊！」

「好的！」

我們將防禦師傅與木偶攻擊的工作，交給布蘭塔克先生和卡特琳娜。

習慣之後，現在我們已經幾乎不會像一開始那樣因為「魔法障壁」被貫穿而受傷。

雖然為了掌握這方面的訣竅，男性成員們——尤其是我和導師——都受了不少傷。

「那我們上吧！艾弗烈！讓你嚐嚐在下和鮑麥斯特伯爵使用的合體必殺技！」

導師發揮他的蠻力，將我扛到他的肩膀上。

由於無法使用移動魔法，因此導師也同時使用魔力，準備用力將我扔向師傅，好讓我在縮短距離後透過近身戰使出起死回生的一擊。

「太讓我驚訝了，威爾。居然使出這種童話內才會有的攻擊……別讓我失望啊。」

「師傅，距離那時候已過了十年多。就算以前是魯莽的攻擊，現在或許會管用也不一定。」

「你就試試看吧。」

「那我就不客氣了。導師！」

「喔！要發射囉！」

裝出要發射的樣子後，導師將我扔到上空。

「該不會！」

師傅……不對，是塔蘭托在著急。

他大概以為我想對紐倫貝爾格公爵發動魔法攻擊，連忙想用魔法狙擊飛到空中的我。然而……

「現在就是拚命的時候！」

「幫助丈夫是妻子的責任！」

「可惡！」

布蘭塔克先生和卡特琳娜連發攻擊魔法，妨礙師傅的魔法。

木偶也持續發出魔法攻擊，但被艾莉絲用「魔法障壁」擋下。

「雖然無法使用攻擊魔法，但我會用『魔法障壁』！」

這樣師傅就無法阻止我了。

靠導師的蠻力與魔力飛到天空後，我看見了紐倫貝爾格公爵所在的大本營。

我發射用事先凝聚的魔力準備的巨大火球。

「哼！目標是我嗎？護衛魔法師部隊，準備防禦。」

即使看見巨大的火球朝自己逼近，紐倫貝爾格公爵仍毫不動搖。

他冷靜地命令身旁的魔法師們準備「魔法障壁」。

大概是認為只要擋下這道攻擊，魔力幾乎用盡的我就完蛋了吧。

然而飛向紐倫貝爾格公爵的火球，在他面前再次上升。

接著火球邊下降邊前進。目標是主力部隊後方的補給部隊和臨時保管所。

「唔，是補給部隊嗎？快防禦！」

發現我的目的後，紐倫貝爾格公爵連忙命令後方的魔法師們阻止，但中級與初級的魔法師不可能擋得下那顆火球。

火球粉碎他們的「魔法障壁」，將補給物資連同士兵和魔法師們一起燒毀。

這麼一來，紐倫貝爾格公爵就失去了讓大軍行動所需的物資。

如此大規模的軍隊，應該很難靠小規模的補給和調度當地的物資來填補。

失去大部分的物資後，他們只能撤退。

「……話說雖然作戰成功了，但有人能接住我嗎？」

我腦中浮現出自己撞上地面死亡的糟糕結局，不過導師有好好地支援我。

雖然導師確實地接住了我，但他的肌肉果然很硬。

如果換成艾莉絲或卡特琳娜，應該會很柔軟吧，但總不能叫她們接住我。

「對紐倫貝爾格公爵發動的攻擊只是虛張聲勢，真正的目標是供養大軍的糧食……威爾，你頭腦真靈光呢。」

「師傅，這樣紐倫貝爾格公爵一定會撤退。」

正常的指揮官，應該會暫時撤退調度補給物資。

只要紐倫貝爾格公爵撤退，塔蘭托也不得不退回後方。

「沒錯。我也會選擇撤退……要撤退了。」

紐倫貝爾格公爵身邊的魔法師朝上空發射兩顆火球。

看來那是撤退的信號。前線的將士們也放棄攻擊野戰陣地，逐漸撤退。

「應該也能再花一分鐘解決你們，然後悠閒地撤退……哎呀，看來花費太多時間了。」

兩具木偶突然開始冒煙。

看來是因為出乎意料的沉重負荷故障了。

「既然能和老師與克林姆奮戰到這種程度，那這樣的支出應該算划算吧？這次就先暫時放過你們。再會了。」
師傅用魔法破壞冒煙的木偶，就這樣靜靜地撤退。
他的動作實在太過俐落，再加上我們這邊也已經沒有餘裕，所以不可能展開追擊。

「得救了……」
雖然我因為考慮到師傅不撤退的可能性，而稍微留了一點魔力，但幸好用不到。
「可惡……艾弗那傢伙，我身為師傅的自尊全被粉碎了。」
「王宮首席魔導師……真是個空虛的頭銜……」
不只是我，被師傅單方面擺布的布蘭塔克先生和導師，也因為打擊太大而坐倒在地。
「親愛的。」
「威德林先生。」
艾莉絲和卡特琳娜也擔心地看著我。
「嘿！塔蘭托那傢伙，明明被紐倫貝爾格公爵那麼重用，卻連個鮑麥斯特伯爵都搞不定！真是笑掉人家的大牙！」
敵軍開始撤退。
我們已經連友軍有無展開追擊都提不起勁確認，此時一名敵軍的魔法師出現在我們面前。
他大概是想趁我們疲憊時解決我們，並藉此獲得紐倫貝爾格公爵的重用和重挫塔蘭托的銳氣吧。

「以你現在的魔力，根本就不是我的對手！」

「這很難說吧？」

「這個囂張又愛逞強的小鬼！」

「並不是這樣。」

現在的我，就像剛經歷了一場與死亡比鄰的修行。

我因此學到了很多，不可能輸給這個普通的上級魔法師。

雖然只剩下約一成的魔力，但已經夠打倒這傢伙了。

「我先攻囉。」

我放出大量小規模的「風刃」。

「嘿，這種爛魔法……」

敵軍的魔法師立刻施展「魔法障壁」防禦「風刃」，但其中一道「風刃」的貫穿力有經過強化。

那道「風刃」貫穿敵人的「魔法障壁」，並直接穿過他的腹部。

「怎麼可能……」

敵軍的魔法師露出難以置信的表情，口吐鮮血倒地。

「果然不是我們太弱，是師傅太強。」

雖然我的技術也因為這次的死鬥提升了……

即使還追不上師傅，但在打敗他之前，我都不能返回王國。

導師和布蘭塔克先生也抱持著和我一樣的想法。

「威爾——！」

「威爾，沒事吧？」

「威爾大人，敵人撤退了。」

戰鬥在不知不覺間結束，伊娜等人趕到我的身邊。

「艾爾和遙呢？」

「泰蕾絲大人命令前衛部隊展開追擊，減少敵人的數量，所以他們去參加追擊了。」

「這樣啊……希望艾爾他們別受傷。」

除此之外，我不太在意戰鬥的結果。

總之一定要打敗師傅，讓他再次成佛。

對操縱死者的塔蘭托和紐倫貝爾格公爵，我只感覺得到憤怒。

「親愛的……」

「放心吧，我一定會打敗師傅！」

艾莉絲輕輕握住我的手後，我總算冷靜下來。

與此同時，我也開始拚命思考能戰勝師傅的方法。

八男？別鬧了！

角色設定草稿

Character rough

做為樣本的
網路圖案。
以此為基礎
調整。
瑞穗國徽，
參考了以稻穗
為主題的家紋。
前髮的設計
刻意和卡露拉
相同。
短刀
太刀
魔刀
外褂底下
是像這樣。

遙・藤林

Kadokawa Light Novels

今天開始靠蘿莉吃軟飯 1待續

Kadokawa Fantastic Novels

作者：暁雪　插畫：へんりいだ

史上最犯規的魯蛇竟然成為人生勝利組!?
與蘿莉們共度甜蜜的小白臉生活，開始！

以漫畫家為目標的我——天堂春，在某一天以「這樣也行？」的方式登上了人生勝利組寶座。至於原因，則是靠自己投資理財變得超級有錢的美少女小學生二条藤花，不但是我漫畫的大粉絲，而且還說要當我的贊助人！於是我住進了藤花家中……

台灣角川

NT$200/HK$60

Kadokawa Light Novels

賭博師從不祈禱 1 待續

Kadokawa Fantastic Novels

作者：周藤蓮　插畫：ニリツ

第二十三屆電擊小說大賞「金賞」得獎作品！
年輕賭徒為拯救奴隸少女，不惜投身招致毀滅的賭局！

十八世紀末的倫敦——賭博師拉撒祿在賭場失手，獲得一筆鉅額賭金，無奈之下購買了一名奴隸少女——莉拉。莉拉的聲帶遭到燒燬，失去感情，拉撒祿將她僱為女僕並教導她讀書。在如此生活中兩人逐漸敞開心房……然而，撕裂兩人生活的悲劇從天而降——

NT$260/HK$78

台灣角川

國家圖書館出版品預行編目(CIP)資料

八男?別鬧了! / Y.A作 ; 李文軒譯. -- 初版. -- 臺
北市 : 臺灣角川, 2017.03-
冊 ; 公分
譯自 : 八男って、それはないでしょう!
ISBN 978-986-473-590-7(第8冊 : 平裝). --
ISBN 978-986-473-980-6(第9冊 : 平裝)

861.57 106001111

Kadokawa
Fantastic
Novels

八男？別鬧了！ 9

（原著名：八男って、それはないでしょう! 9）

2017年11月8日 初版第1刷發行

作者：Y・A
插畫：藤ちょこ
譯者：李文軒

發行人：成田聖
總監：黃珮君
總編輯：蔡佩芬
編輯：黎夢萍
美術設計：黃永漢
印務：李明修（主任）、黎宇凡、潘尚琪

發行所：台灣角川股份有限公司
地址：105台北市光復北路11巷44號5樓
電話：（02）2747-2433
傳真：（02）2747-2558
網址：http://www.kadokawa.com.tw
劃撥帳戶：台灣角川股份有限公司
劃撥帳號：19487412
法律顧問：寰瀛法律事務所
製版：巨茂科技印刷有限公司
ISBN：978-986-473-980-6
香港代理：香港角川有限公司
地址：香港新界葵涌興芳路223號
新都會廣場第2座17樓 1701-02A室
電話：（852）3653-2888